二十世紀經典中文小說評析

劉益州 ｜ 著

▌序

　　若依美國學者 M.H Abrams 在其名著《鏡與燈：浪漫理論與文學批評傳統》（*The Mirror and the Lamp: Romantic Theory and the Critical Tradition*）中所勾勒的文學批評四要素：作品、作者、讀者與世界，則文學思辯的領域，不外乎作品之所以構成的美學成分，諸如體式、修辭、音響等表現層面的問題，此其一；再者，由作品的文字爬梳中，試圖領略作者的「意圖」（intention）；或是，仔細檢閱作家的生平與經歷，以期增進對其作品意指的理解。第三，由讀者觀點出發，強調個人閱讀的反應，留意作品文字擴展、動人的能量。最後，望向一切存有，勾抉作品中寄寓的世界觀，視其如何迎向宇宙人生紛至遝來的衝擊與挑戰，提出什麼樣的回應，或啟示。

　　無論是文學的創作或研究，浮淺地來看，都不能脫離上述四個層面。或者說，這四個層面，究其實只是一體。擅於描繪人生百態的法國現實主義文學家巴爾扎克（Honoré de Balzac）曾說：「作家必須熟悉一切現象，一切感情。他的心中應有一面難以言喻、足以聚焦任何事物的鏡子，將變幻無常的宇宙，

序

3

從這面鏡子上反映出來。」帶著如此接近博物學的理念，巴氏大手筆展開他道盡人世滄桑的寫作計畫，《人間喜劇》（Comédie Humaine）共九十一部的動人鉅著，於焉問世。我認真檢閱巴氏的作品，當然未能一一遍讀，但文學中可以發現的問題，如前述者，大抵都可找到足以給人豐盛啟示的線索。

而據說，《人間喜劇》在巴氏最初的寫作計畫中，是被命名為「社會研究」。顧名思義，巴爾札克無疑欲藉寫作反映他所知世界的點點滴滴，秉持研究的嚴謹態度，帶著些許批判，傳達某種理想。如此看來，容我重申，又足證純文學的寫作與學術性研究在某個層面上是相通的，他們都屬創造性活動，也都立足於作品的核心，輻射、連結至作者、讀者，以及宇宙世界的領域。

益州是一位早慧的詩人，偶爾也寫些小說，文字能量極為豐沛。近日他寄來近幾年潛心思考所得的數篇文學研究論述，跨度涵括古典與現當代詩歌、小說，當然，還有他最用心領會的詩。我細細瀏覽，發現他研究的進路多元並呈，敘事學、符號學、現象學、空間理論及各式文化研究概念等，看得出來用功至勤。早些年他跟我討論一些古典文學的問題，在我不甚成熟的指導下完成《詩經「山」意象研究》，並獲碩士學位。當時我清楚記得，古代文獻的艱澀，頗令益州感到挫折與茫然，對自己的研究成果也就不覺滿意。雖說如此，我卻從他努力想從《詩經》文句中勾衛出某種美學條律的嘗試中，看到他對學術研究的潛能，因此鼓勵他繼續深造。

多年過去，益州在學術上的表現已經與他的現代詩創作幾乎並駕齊驅了，寫作與研究再一次由他介筆融合，值得留意。他希望我為其即將出版的論文集「小說」部份寫篇序，我既欣喜於他甫獲博士學位，更為其學術造詣突飛猛進感到高興。忝為人師，最快樂的莫過於看到學生的成就高過自己，益州就是一個極好的例子。是為序。

許又方　謹誌於東華大學華文文學系
二〇一一年十一月廿八日

我們對表述與符號的世界想像

　　小說文本是作者建構的世界，是作者將世界作為一個意向對象並經過意識的內化轉化成文字表述的過程，其中必然有意識的參與，正如大江健三郎所說：

> 小說是由許許多多詞句堆砌而成的。但是，在這一過程之前，自己的意識和無意識是相互重疊的，這裡有一個給予或尋找詞語的模糊構思階段[1]。

　　在作者構思小說的階段，意識在尋找一種表述意識並同時表述世界的方法，若如海德格說：「詩與思是近鄰。」小說則是思與真實世界的近鄰，小說是同時居住在思與世界之間，作為作者與讀者認識真實世界的方式之一，作者找到小說這種表述方式，在語言符號的建構過程中，我們更清楚意識怎麼樣去表述對世界的觀察、對世界的想像。

　　小說所構成的世界無疑是繁複的意識想像與表達，伽達默爾（Hans-Georg Gadamer）說：

---

[1] 大江健三郎著，王成譯：《小說的方法》（臺北：麥田，2008年8月），頁12。

⋯⋯每種語言都不斷地構成和繼續構成，它越是把自己的世界經驗加以表達，這種構成和繼續構成就越頻繁[2]。

小說的語言文字無疑就是繁複的構成和繼續構成，不但作者在語言構成中尋找自我的意識，讀者也在閱讀的反映裡尋找作者和讀者的意識想像。

面對小說中繁複的時空與人事敘述，我們又怎麼能發現其中作者意識的參與？怎麼能透過文本與作者產生「互為主體」的想像關懷？

現象學提供了我們線索，模利士・那坦森（Morris Natanson）就說：「現象學的還原法，把探究者從人與人相處的世間世界領引到純粹我本學的意識領域[3]。」小說正是一個文本的世界、符號的世界，作者在意識表述中建構出來一個「人與人相處的所在」，現象學可以發現其中作者在符號中隱藏的深意，發現文本中主體和客體的構成與被構成，將表述符號還原為意識的體驗。

小說是作者的意識想像與意識構成，同時也是我們讀者的意識想像。我希望能夠透過現象學式的意識分析，能更理性、更純粹發現我們和作者共同的想像，共同的世界。

---

[2] 漢斯・格奧爾格・伽達默爾著，洪漢鼎譯：《真理與方法——哲學詮釋學的基本特徵》（第二冊）（上海：上海譯文出版社，2004 年 7 月），頁 593。

[3] 模利士・那坦森（Morris Natanson）著，高俊一譯：《現象學宗師——胡塞爾》（臺北：允晨文化，1982 年 11 月），頁 117。

這可能是包含我們人類情感及哲思的世界，我們可以更純粹去發現那世界的快樂與悲傷，不安與哀愁……

然而這本論文集必然也包含了我些許不安與憂慮。

此書收錄我 2010 年至 2011 年發表的小說論文，約十萬字左右，共八篇論文，大抵是在台中教育大學開「現代小說選」的課時，因為備課緣故的額外副產品。那時正經歷一些情感人事上的苦悶糾葛，約末只有寫論文才會讓我獲得知識上的快樂，或許論文集中所收錄的〈焦慮的現實：論呂赫若〈牛車〉「家屋」場域中的表述〉、〈焦慮的視角：論郁達夫〈沉淪〉中存有的意識表述〉等，所述說的焦慮並不是屬於作者，而是屬於論者我也說不一定，但願我在寫論文時，確實將這些外在的情緒「現象學式」的懸擱起來。

而隨著這本論文集的出版，益州再次瀏覽這些論文篇目和這幾年對於現象學粗淺的吸收與認識，仍然對時間流中那些曾經的人事而覺得感謝。

但願，在時間之流中，我們的「滯留印象」總是美好而不帶惆悵，也希望這本論文集能讓某些讀者也覺得美好，透過閱讀，我們肯定會有如小說中某些美好的情節那般美好。

我想像。

20111129 AM12:19　劉益州

目次

注視的他者與他者的注視——論魯迅〈狂人日記〉中「互為主體」的表述結構

摘要

　　魯迅〈狂人日記〉的小說，以序文和正文兼有文言文與白話文的形式，這種敘事方式使敘事的視角得以豐富化、多元化，歷來多有論文討論，而歷來文論僅注重狂人如何主觀的表述自我以及環境，或敘事時間的變化，而本文欲借用現象學「互為主體」的觀念，來觀察魯迅〈狂人日記〉中狂人「我」的主體與「他者」共同存有的世界，進而突顯出狂人在小說時空中所意識到的環境結構；本文先闡釋為何以「注視」為論述的方向，繼而透過「注視的他者」與「他者的注視」兩個部分來探究狂人所意識到的「互為主體」的現象，而在「注視的他者」部分，又可區分為「當下注視的他者」、「回顧活動中注視的他者」以及「前瞻活動中注視的他者」，分別對應現在時間、過去時間和未來時間；雖然〈狂人日記〉以日記體的敘述，應只有記錄下過去發生的事件以及未來所預期發生的事件，原則上日記不可能有當下的感知記錄，而〈狂人日記〉為日記體敘述，然就小說的敘述時間而言，仍有潛在的時間觀念存在，因此本文就

小說主角「狂人」為中心，並旁繫他人的視域表述，發掘「狂人」在時空環境中所產生的意識變化，以及意識所意向到的「互為主體」的人際結構。

前言

　　魯迅一九一八年在《新青年》所發表的〈狂人日記〉是中國小說發展一個重要的里程碑，歷來多有學者討論，王德威即指出：

> 這篇五千字不到的作品旋即引起廣大的迴響，也成為現代中國小說的濫觴[1]。

這短短五千字不到的小說，兼有文言文與白話文、散文與日記體的形式，而透過文言文的小序書寫形式更見證了從舊文學到新文學的過渡歷程[2]，而且也使敘事的視角得以豐富化、多元化，〈狂人日記〉不僅在形式上有極為出色的表現，在內容也讓歷來學者多有討論，王德威又說：

> 歷來對「狂人日記」的詮釋不可勝數。但絕大多數的評論傾向將狂人的日記視為知識分子的良心見證，從而同

---

[1] 王德威：〈重識「狂人日記」〉，《文星》，第 101 期，(1986 年 11 月)，頁 68。

[2] 許俊雅等即指出：「這段小序的出現，有幾個意義：第一，作為第一篇新小說，〈狂人日記〉保留了傳統小說中「史傳」與「紀實」的特質；第二，文言序語的出現，正足以反映出新舊文學交替的過渡現象……。」見許俊雅等主編：《現代小說讀本》(台北：揚智文化，2004)，頁 49。

情狂人所受的誤解和迫害。相對的，狂人病癒後「赴某地候補」則為一極具諷刺性的反高潮。孰為瘋狂？孰為清醒？乃成學者們津津樂道的話題[3]。

然而除了考察〈狂人日記〉中的諷刺意涵外，亦有多篇文論針對〈狂人日記〉中的敘事結構進行析論，如王明君〈從小說的敘事模式來看〈狂人日記〉的突破與創新〉及賀幼玲〈從敘事方法談魯迅「狂人日記」的特色〉等[4]，然多僅注重狂人如何主觀的表述自我以及環境，或敘事時間的變化，而本文欲借用現象學「互為主體[5]」的觀念，來觀察魯迅如何在〈狂人日記〉中，建構起狂人「我」的主體與「他者」共同存有的世界[6]，進而突顯出狂人在小說時空中所意識到的環境結構；本文先闡釋為何以「注視」為論述的方向，繼而透過「注視的他者」與

---

[3] 王德威：〈重識「狂人日記」〉，《文星》，第 101 期，民 75 年 11 月），頁 68。

[4] 王明君：〈從小說的敘事模式來看〈狂人日記〉的突破與創新〉，《中國文化月刊》，第 204 期，（1997 年 3 月）、賀幼玲：〈從敘事方法談魯迅「狂人日記」的特色〉，《中山中文學刊》，第 4 期，（1998 年 6 月）。

[5] 大陸現象學者倪梁康指出：「胡塞爾的『互為主體性』概念是指一種在各個主體之間存在著共同性（或共通性），這種交互主體的共同性使得一個『客觀的』世界先驗地成為可能。」，「互為主體」的可能，使這個存有所存有的世界得以為同時「他人」存有的世界，而不僅只是自我主體建構出來的世界；見倪梁康：《現象學及其效應：胡塞爾與當代德國哲學》（北京：三聯，1994），10 月），頁 141。

[6] 周英雄指出：「人物與人物之間所構成之交互之人間關係之全體中，能烘托出一個情調、意味或境界。」透過人與人結構的觀察，我們可以發現小說世界結構中的情境與境界，進而更加透析小說的意涵。見周英雄：《比較文學與小說詮釋》（北京：北京大學出版社，1990 年 3 月），頁 56。

「他者的注視」兩個部分來探究狂人所意識到的「互為主體」的現象[7]，而在「注視的他者」部分，又可區分為「當下注視的他者」、「回顧活動中注視的他者」以及「前瞻活動中注視的他者」，分別對應現在時間、過去時間和未來時間；雖然〈狂人日記〉以日記體的敘述，應只有記錄下過去發生的事件以及未來所預期發生的事件，原則上日記不可能有當下的感知記錄，而〈狂人日記〉為日記體敘述，然就小說的敘述時間而言，仍有潛在的時間觀念存在[8]，因此本文就小說主角「狂人」為中心，並旁繫他人的視域，澄清「狂人」在時空環境中所產生的意識變化，以及意識所意向到的「互為主體」的人際結構。

奠基：注視是人對世界的好奇

人是透過「注視」來認識這個世界的，也透過注視使存有得以展開，透過「注視」，人得以瞭解認識外物，瞭解認識「他

7　關於「他者」的定義，「一般認為，凡是在自我（Eigenheit）領域之外的就是他者。」游宗祺：〈我群世界與他群世界之間：瓦登菲論文化間性〉，《哲學與文化》，2006 年 2 月第 381 期，頁 71。或以吳俊業所言：「『他人』就如其餘一切我所經驗的對象一樣，其同一性與其意義皆並非一開始便是既成既予之物，而是逐步隨著相關經驗之開展而構成的。」作為理解進路。參見吳俊業：〈胡塞爾與他者問題──基本規模的闡釋與初步定位〉，《哲學與文化》，2009 年 4 月 419 期，頁 75。

8　孫鵬程、馬大康就指出：「小說中潛在的時間觀念構成了小說形式的重要內容。」〈狂人日記〉中狂人潛在的時間表述形式，使「喫人」在狂人妄想被迫害的意識結構中，就使此篇小說得以有前因、過程和狂人對未來被喫的恐懼預期。見孫鵬程、馬大康：〈關於當代文學時間庸常化的美學思考〉，《楊子江評論》，第 4 期，（2009 年），頁 35。

者」，透過「注視」，人給予他者意義，也被他者給予意義，「注視」是人為存有瞭解事物和給予事物意義與詮釋最直接的方式，陳榮華說明：

> 人總是以各種可能的瞭解方式，去遭逢各存有者。在日常生活中，人也是要看事物，以求瞭解它們。對於日常生活中的看，海德格稱之為好奇[9]。

「瞭解」是人的存在性徵[10]，我們的存有就奠基在理解「在世」的可能上，而人對於世界的最常使用的瞭解方式，就是「看」，觀看自身所存的事界、觀看「自我」與「他者」，透過眼睛的注視，人類在意識中建構起自身的日常生活與世界觀，使外物或他人與自我的存有產生關聯性、產生「主體際性」，也就是「互為主體」的結構，使胡塞爾所言的客觀世界得以可能，海德格（Martin Heidegger）稱呼在世存有的「看」，是一種「好奇」，而好奇是人「關懷」世物的動力，從「好奇」可建立起海德格所謂「煩忙」的在世結構。因此，「注視」可以說是一切的奠基。沙特更強調「注視中的他者」的現象，指出：

---

[9]　陳榮華：《海德格《存有與時間》闡釋》（臺北：台大出版中心，2003 年），頁 218。

[10]　陳榮華指出：「瞭解是此有的存在性徵，這是說，此有的存在就是要去得到瞭解。」見陳榮華：《海德格《存有與時間》闡釋》（台北：台大出版中心，2003 年），頁 218。

透過注視，我具體地體驗到他人是自由和有意識的主體，他在自己向自己的可能性時間化時使得有了一個世界。而且這個主體的無中介的在場是我試圖構成的關於我本身的一切思想的必要條件[11]。

透過注視，注視到他人，自我可以體驗到他者的主體，透過自我主體的「無中介」的在場，讓自我意識從「注視」中體驗到「他者」和「我」一樣是一個自由獨立而且有意識的主體間性結構，也注意到在時間的「綿延」我到他者的時間性[12]，我和他者「共同在場」的同時性，透過瞭解他者的主體與時間性，我們可以建構出一個外在客觀的世界觀，而沙特也從另一方面說明了「他者的注視」：

他人的注視不僅被當作空間化：而且還被當作時間化，他人注視的顯現透過我原則上不可能在孤獨中獲得「體驗」——即同時性的體驗對我表現出來，對單獨一個自為來說，世界不可能以同時性來理解，而只能以共同在場來理解，因為自為總是外在於自身投入於世界之中[13]。

---

[11] 沙特著、陳宣良等譯：《存在與虛無（下）》（台北：桂冠，1990 年）頁 390。

[12] 「綿延」是柏格森對於時間的詮釋，「柏格森認為，綿延就是在時間中運行不息的生命衝力，它創造一切。自然、宇宙的創造本身，就是一件偉大的藝術品，不斷表現著不可預測的新奇。」見古旻陞：《論柏格森生命哲學中之美學》，天主教輔仁大學哲學系博士論文，2007 年 6 月），頁 83。

[13] 沙特著，陳宣良等譯：《存在與虛無（下）》（台北：桂冠，1990 年），頁 384。

他者的注視讓我們體驗到「就是沒有任何東西把他與我分離開的這個我本身[14]」的空間感，我們的身體是佔有空間的；同時也透過他者的注視，我們體認到在世存有的「互為主體」的結構下，我們的存有是共同在場的時空，於是人透過「注視」建構起人「在世存有」的關懷，建立起基於「好奇」的體驗與瞭解，結構出自我的外在世界觀與時空觀出來，換言之，對於我們存有的自為來說，我們的存有並不僅限於「同時性」，而是在體驗中、注視中「共同在場」，透過「他者」和「自為」的注視，建構出在世存有的「共同在場」的可能。

以胡塞爾（Edmund Gustav Albrecht Husserl）的說法而言，我們認識「他者」並與之產生互為主體性，是因為我們意向到「他者」，而「注視」是我們意向感知的最直接工具，「注視」亦如同梅洛——龐蒂所言的「意向弧[15]」，不斷地探尋四周，與他者、他物建立起「生活世界」的關係。

是以本文「注視是人對於世界的好奇和瞭解」作為論述的奠基，在〈狂人日記〉中，吾人可以透過序文對狂人的注視、狂人對周遭物的注視等種種「觀看」的活動，發掘小說中人物意向及表述的結構，以梳理其中深層的「注視者」意識。

---

[14] 沙特著，陳宣良等譯：《存在與虛無（下）》（台北：桂冠，1990 年），頁 390。

[15] 丹尼爾·托馬斯·普里莫茲克指出梅洛——龐蒂所主張的「意向弧」：「……把我們投向四周，並我們置於我們的世界之中，呈現我們的過去、現在、將來，呈現我們人類和非人類的處境，我們的物質處境，意識形態處境，道德處境等等，從而使我們的意識生活及自我成為可能。」見（美）丹尼爾·托馬斯·普里莫茲克著、關群德譯：《梅洛——龐蒂》，北京：中華，2003年 6 月），頁 20。

當下注視的他者

在〈狂人日記〉中，狂人最初注視的「他者」是「月光」[16]，狂人說：「我不見他，已是三十多年；今天見了，精神分外爽快。纔知以前的三十多年，全是發昏；[17]」狂人以意向去重新認識了擬人化的月光徵象，將主體意識與月光的徵象「光明」連繫起來，去領略到月亮的光明與自我確認的「清醒」，安明延指出主體不僅是一個對周遭世界世界的認識者，也是想像者和行動者[18]，狂人透過對「月光」的想像與知、情、意機能，讓他們產生了生命意識的聯繫，使狂人被給予了「精神分外爽快」的意涵，「月光」對於狂人是中性的、正面的、光明的、讓人精神分外爽快的，因此小說中沒有月光出現的時候，就反襯出狂人的不安：「今天全沒月光，我知道不妙。早上小心出門……[19]。」狂人透過月光來表現自己的精神「清醒」與運勢安妙，而當他人對狂人說「今天天氣很好。」時，狂人也引證

---

[16] 在此，他者是指以「狂人」為主體意識以外的人、事、物。

[17] 魯迅：〈狂人日記〉，楊澤編：《魯迅小說選》（台北：洪範，1994 年 10 月），頁 4。

[18] 安延明：「主體不僅僅是一個認識者，他同時也是想像者和行動者。他會通過全部的知、情、意機能，通過由它們結成的整體去處理、領會和體味自己的客體。因此，他與其客體之間所具有的，乃是一種生命整體與其對象的關係，即生命關係，或生命聯繫（Lebenszug）」見安延明：《狄爾泰的歷史解釋理論》（台北：遠流，1999 年 10 月），頁 35。

[19] 魯迅：〈狂人日記〉，楊澤編：《魯迅小說選》（台北：洪範，1994 年 10 月），頁 4。

「天氣是很好，月色也很亮了[20]。」來附和天氣好這件事，一般人談到天氣好不一定會注意到月色亮否，而小說中的狂人卻特別注意到月色，可見狂人對關注月亮此一「他者」有莫名的偏執，而月亮也可說是是狂人「日記」中狂人唯一認同的正面形象。

在第一則日記中，除了「月光」之外，狂人還注意到「趙家的狗，何以看我兩眼呢[21]？」來表述人面對「獸類」的疑惑、妄想[22]，小說中狂人透過對狗「妄想」的意識行為，延伸到狗對於狂人的惡意，透過狂人眼中狗的「獸類形象」；小說繼續聯想衍生出狂人眼中周遭人事的「獸類形象」，塑造出狂人眼中的「喫人世界」[23]；王明君指出〈狂人日記〉的思想是跳躍的：

---

[20] 魯迅：〈狂人日記〉，楊澤編：《魯迅小說選》（台北：洪範，1994 年 10 月），頁 10。

[21] 魯迅：〈狂人日記〉，楊澤編：《魯迅小說選》，頁 4。此處言「狗看狂人兩眼」，表面上是「他者」對狂人的注視，實際上在此狗對人的注視是沒有特別意義的，反倒是狂人「注視」他者「狗」的注視，領會到恐懼的情感，才是重點所在。

[22] 杜小真說：「情緒就是領會世界的某種方式，情緒即對世界的改變。因此，看見野獸被嚇暈的情緒，懾於教授威嚴的恐懼情緒，得知親友即將到來的興奮情緒都具有意向性……作為主體態度的情緒，實際上是意識的一種行為。」海德格指出人的在世存有包括：情緒、領會和言談，而情緒是主體領會世界的方式之一，情緒總是伴隨著某種理解，某種領會，是人類對外在物直接的意向反應。見杜小真：〈沙特的現象學本體論〉，熊偉編《現象學與海德格》（台北：遠流，1994，頁 385。

[23] 如王明君言：「〈狂人日記〉以狂人妄想「被吃」作為狂人與其它人衝突的根源，依循著「吃人」與「被吃」的衝突脈絡，推動情節的升降起伏。」，透過狂人注視狗的獸類特徵，從此脈絡鋪陳出狂人妄想的人類喫人獸性而推動情節進展。見王明君：〈從小說的敘事模式來看〈狂人日記〉的突破與創新〉，《中國文化月刊》，第 204 期，1997 年 3 月），頁 108。

> 魯迅的〈狂人日記〉捕捉的是人心靈的顫動，而人的思緒又瞬息萬變，跳躍不定的，於是自然的時序隨著事物的聯想、思慮的流動不斷被打碎、斷裂又重新組合[24]。

因為狂人的敘述中重點是「人心靈的顫動」，因此敘述跳躍不定，除了主觀的描述外，缺少客觀世界的表述，如對「他者真實的外貌形態」完全忽略，但然敘述仍能前後連貫，如提到狗寫明了是「趙家的狗」，而後文隨即引出了「趙貴翁」此人，除了合理推測狗是趙貴翁家的狗外，也讓讀者看見狂人以為狗和人類其實是一個共謀的「喫人集團」。

而在狂人第二則日記裡，狂人注視了趙貴翁和其他人，認為他們是共謀想企圖陷害狂人的集團，我們可以從下表分析：

人物	表現	狂人認為其意圖
趙貴翁	眼色變怪	似乎怕我，似乎想害我
一路上的人	交頭接耳議論我，又怕我看見	同上
一路上的人（最兇的一個人）	張著嘴，對我笑了一笑	同上，狂人以為這笑容表示「它們布置，已經妥當了」。
一夥小孩子	議論我，眼色同趙貴翁一樣，臉色也都鐵青。	我想我同小孩子有什麼讎，他也這樣……。 我明白了。這是他們娘老子教的。

---

[24] 王明君：〈從小說的敘事模式來看〈狂人日記〉的突破與創新〉，《中國文化月刊》，第 204 期，頁 111。

狂人透過注視「他者」的神色，建構出周圍的人物與人物之間的關係與企圖[25]，在〈狂人日記〉第二則日記中，透過狂人注視的這些人物之言行表情，狂人眼中的這些人物構成了集體陷害他的關係集團，透過第一人稱的敘述，吾人更能貼切地感受到狂人妄想被迫害的緊張惶恐的情調[26]。

　　狂人妄想周遭的人「喫人」，即使是為他看病的老頭，他也認為是劊子手：

> 　　我也不動，研究他們如何擺佈我；知道他們一定不肯放鬆。果然！我大哥引了一個老頭子，慢慢走來；他滿眼兇光，怕我看出，只是低頭向著地，從眼鏡橫邊暗暗看我。大哥說：「今天你彷彿很好。」我說「是的。」大哥說：「今天請何先生來，給你診一診。」我說「可以！」其實我豈不知道這老頭是劊子手扮的[27]！

---

[25] 周英雄指出：「人物與人物之間所構成之交互之人間關係之全體中，能烘托出一個情調、意味或境界。」見周英雄：《比較文學與小說詮釋》（北京：北京大學出版社，1990 年 3 月），頁 56。

[26] 王明君說：「〈狂人日記〉是以狂人這第一人稱描述狂人與外在環境的互動，以狂人的主觀感受來安排故事發展的節奏，並決定敘述的輕重緩急，因為第一人稱敘事更能貼近人物的內心感受，更能抒發人物的痛苦與困惑，所以在書寫狂人疑慮、恐懼、焦躁、熾熱等精神狀態時，第一人稱敘事傳神地表現狂人敏感不安的個性，讓讀者同體驗狂人的錯覺與幻覺，彷彿自己也時時處於被迫害的情況下。」見王明君：〈從小說的敘事模式來看〈狂人日記〉的突破與創新〉，《中國文化月刊》，頁 111。

[27] 魯迅：〈狂人日記〉，楊澤編：《魯迅小說選》，頁 7。

狂人不動是因為「研究他們如何擺佈我」，而大哥「注視」狂
人的不動卻得到了「今天你彷彿很好」的認知，這種錯誤的觀
感就是大哥的注視和判斷產生矛盾，而大哥的注視僅停留在表
象，而沒有真正直觀到狂人的本質[28]，此段大哥對狂人的觀察，
正可說是嘲諷人與人之間的認知隔閡，即使親如兄弟也不能彼
此理解，也無怪乎狂人對於周遭眾人的「誤解」。

在狂人對於老頭子醫師的注視下，狂人「誤解」老頭子的
一言一行，我們可以以下表分析：

老頭子動作	狂人的誤解
低頭向著地	滿眼兇光，怕我看出
看脈	揣一揣肥脊（因這功勞，也分一片肉喫）
老頭子說：「不要亂想。靜靜的養幾天就好了。」	靜靜的養！養肥了，他們是自然可以多吃。

老頭子的動作和言談，我們都可以視為「能指——所指」
的符號，但這些符號卻總是被狂人主觀的注視下，給予被曲解
的符號「所指」意義，我們看見小說的焦點總隨著在狂人的目
光移動，總透過狂人的表述與詮釋，將原本正常的人事符號，
都賦予了「喫人」的意涵，而第一人稱的敘述，更讓我們貼近

---

[28] 江日新說：「錯誤的發生乃是由於我的判斷與我的直觀有矛盾，它不停留在
純粹的直觀領域中，而是因所想的與所直觀的之間的不一致而生發出來。」
人類的判斷僅止於表象的注視與接觸，因此與直觀反思出來的本質會產生錯
誤的矛盾。見江日新：《馬克思・謝勒》（台北：東大，1980年4月），頁109。

狂人的視角，讓我們感受到「被喫」的壓迫感，而狂人的「注視」總是帶著如此曲解與主觀意識，讓小說中人際相處的過程中產生誤解的趣味與衝突[29]。

狂人總是以自己主觀的「注視」去觀察世界，因此他也誤解了自己的大哥：

> 喫人的是我哥哥！
> 我是喫人的人的兄弟！
> 我自己被人喫了，可仍然是喫人的人的兄弟！

在狂人的日記裡，這段疾呼出現了兩遍[30]，可見狂人雖曲解「他者」意欲「喫人」，但仍重視兄弟手足之情，因而悲痛的重複疾呼[31]，進而引發小說後來狂人勸大哥不要喫人的片段。

---

[29] 雖然我們說瞭解是存有存在的特徵，是人類在世存有的奠基性，因為人的存有總是對世界其他事物開放的，對「他者」開放的，瞭解事物並與「他者」相互瞭解是我們存在的性徵，但陳榮華也說明這不代表人不會彼此誤解，他說：「即使他們互相誤解，那也是由於他們的存有是可以互相瞭解而相互開放的，否則不能誤解別人。」因而誤解實際上和瞭解對於人類的存有本質上是相通的，而在文學作品中，「誤解」的重要性反而超過「瞭解」，因為沒有「誤解」就沒有衝突和情節的張力。陳榮華：《海德格《存有與時間》闡釋》（台北：台大出版中心，2003），頁 140。

[30] 魯迅：〈狂人日記〉，楊澤編：《魯迅小說選》，頁 8、11。

[31] 黃永武：「重複的節奏，是指以相等的句型，構成一串反復的語辭或一組排比的句子，反復強調，把握這種節奏的音響效果，能將繁瑣忙碌、心煩慮亂、鋪張誇大、歷久不懈、詠歎無窮等情思表現出來。」雖然此處指詩學而言，然在〈狂人日記〉中，也可以從重複的疾呼中，看出狂人的心凡慮亂和感歎的情思。見黃永武：《中國詩學：設計篇》（台北：巨流，1976 年 10 月），頁 195。

而當狂人勸大哥不要喫人時，狂人誤解說破了「他們的隱情」，將眾人注視狂人的目光誤以為「喫人集團」的目光，狂人在注視這些「他者」的同時，也詮釋了「他者」的心思，可以下表表示：

人物	動作神情	狂人解讀
大哥	他還只是冷笑，隨後眼光便兇狠起來，一到說破它們的隱情，那就滿臉都變成青色了。	他們是一夥的，都是喫人的人。可是也曉得他們心思很不一樣，一種以為從來如此，應該喫的；一種是知道不該吃，可是仍然要喫，又怕別人說破他……。
一夥人（包含趙貴翁和他的狗）	探頭探腦的挨進來。有的是看不出面貌，似乎用布蒙著，有的仍舊青面獠牙，抿者嘴笑。	

　　狂人透過注視「他者」表情形為的符號徵象，自行解讀成符合「喫人」觀點的意涵，而狂人心細將「喫人」的「他者」區分為兩種人，可見狂人只是對「喫人」與「被喫」這件事有異常強烈的偏執，而非狂亂到心神喪失，因此我們隨著狂人瘋狂的「注視」，仍可以發現其中以「喫人」為出發點的有秩序的世界觀；在狂人周遭的人都「企圖喫人」，但小說中狂人對陳老五的注視卻沒有讓讀者看出陳老五出強烈「喫人」的意圖，因為陳老五是狂人家中的傭人，傭人的形象總是是依附主人而存在的，陳老五第一次出現，是把在街上晃的狂人拖回家，只有短短一句，第二次陳老五出現是為了送飯給狂人：

一碗菜,一碗蒸魚;這魚的眼睛,白而且硬,張著嘴,同那一夥想喫人的人一樣。喫了幾筷,滑溜溜的不知是魚是人,便把他兜肚連湯的吐出[32]。

狂人的「注視」總停留在「喫人」這件事上,陳老五不喫人,因而狂人目光並不會集中在陳老五身上,狂人在注視「一碗蒸魚」上,從魚的眼睛和嘴巴聯想到喫人的「他者」的眼睛、嘴巴,也使讀者透過魚的形象揣摩出狂人「注視」下「他者」眼睛和嘴巴的具體圖式,而狂人總是關注著「喫人」這件事,因而連「味覺」也受到「喫人」這件事的影響,而感到食嚥不下欲吐了。

陳老五第三次出現,是狂人在眾人面前露出瘋相,陳老五意欲阻止狂人口出狂言的時候[33],然後陳老五趕走圍觀的眾人,勸狂人回屋子裡,狂人本身對陳老五的「注視」中一直都沒有帶著「喫人者」的批判,刻板印象中傭人總是服從主人,是主人的附屬品,沒有獨立人格與想法,因此狂人以為陳老五沒有「喫人是應該的」或「知道不應該喫人,卻又要吃」的心思。

回顧活動中注視的他者

人的存有是「當下」存有,過去已經消失、而未來尚未來到,然而不代表人僅止於當下存有,如陳榮華所言人「在他的

---

[32] 魯迅:〈狂人日記〉,楊澤編:《魯迅小說選》,頁 7。
[33] 魯迅:〈狂人日記〉,楊澤編:《魯迅小說選》,頁 13。

繼續存在中，他是連續不斷的，這是說，他不是從一個時間點，彷彿跳過空隙，到達另一個時間點去。人總是連續不斷的往前伸展他自己，也同時不斷的往後回顧他的過去。[34]」人是持續存在的，而我們雖認為小說人物的時空已經被截斷框定了[35]，但小說人物如同我們一般，會不斷回顧他的過去，並且前瞻他的未來來確定自己的在世存有，因此去觀察小說人物在時間中的意識活動，可說是我們理解小說的一個重要步驟，顧俊於《小說結構》中亦指出：「對時間的把握向來標誌著對世界認識的深度。[36]」小說創作透過時間的把握來揭示出被創造出來的小說人物對世界（包含自己的存有）認識的深度，因此要理解小說人物在小說世界的網絡[37]，就要先理解其人物在時空中的行動與其時間意識，前文已討論過小說人物「狂人」在「當下」活動中注視的他者，接下來我們去探究狂人於「不斷的往後回顧的過去」中如何發現自己意識到的「喫人」的奠基性。

---

[34] 陳榮華：〈從海德格的存在時間到高達美的充實時間〉，《哲學雜誌》，第 38 期，（2002 年 5 月），頁 104。

[35] 顧俊認為小說是：「在一個有限的世界裡，具體的時間意味著截斷，而具體的空間則起著框定作用。故而在小說創作中，具體時間總把漫長的人生縮於『相續』的『動作』中，構成所謂情節；具體空間則將眾多生相集於『並列』的『動作』中，組成所謂場面。」見顧俊：《小說結構美學》（台北：木鐸，1988 年 9 月），頁 54。

[36] 顧俊：《小說結構美學》（台北：木鐸，民 77 年 9 月），頁 47。

[37] 蔡英俊指出：「小說的世界，基本上是一種行動的世界，而行動是透過層層的關係網絡呈現出來的。」見蔡英俊：〈窺伺與羞辱——論七等生小說中的兩性關係〉，《文星》，第 114 期，1987 年 12 月），頁 124。

在第二則日記裡，狂人思考和他周圍的「他者」們有什麼齟齬時，為何怕狂人又想害狂人時，回顧到：

> 只有廿年以前，把古久先生的陳年流水簿子，踹了一腳，古久先生很不高興[38]。

由於在當下時間中，狂人注視到「又怕他，又想害他」的他者們，為了理解此事件的因果關係，狂人透過回憶的回顧活動將狂人所認為過去的「因」使之當下化[39]，和當下所遇到的他者相對照而得到「趙翁貴等人欲圖替古久先生打抱不平，約定路上的人」的答案。

狂人在進行回顧那些露出害怕臉色的路人的意識活動時，回憶起那些人「也有給知縣打枷過的，也有給紳士掌過嘴的，也有衙役佔過他妻子的，也有老子娘被債主逼死的；它們那時的臉色，全沒昨天這麼怕，也沒有這麼兇[40]。」來映證那些人對自己害怕的態度是相當特別而奇特的，而回顧「狼子村的佃戶來告荒，對我大哥說，他們村裡的一個大惡人，給大家打死了；幾個人便挖出他的心肝來，用油煎了炒了喫，可以壯壯膽

---

[38] 魯迅：〈狂人日記〉，楊澤編：《魯迅小說選》，頁4。

[39] 史成芳指出：「胡塞爾認為，我們對事件的理解總是通過回憶進行的，回憶使對象當下化，使過去經驗的時間重新回到當下……。」見史成芳：《詩學中的時間概念》（湖南：湖南教育出版社，2001年6月），頁2。

[40] 魯迅：〈狂人日記〉，楊澤編：《魯迅小說選》，頁5。

子[41]。」時，因為狂人的意識注視到回顧中的這件「喫人」事件，因而狂人的思維從「大家怕他又想害他」轉變為它們「未必不會喫我」，狂人謹慎的以回顧活動來理解「喫人」這件事：

> 凡是總須研究，纔會明白。古來時常喫人，我也還記得，可是不甚清楚。我翻開歷史一查，這歷史沒有年代，歪歪斜斜的每葉上都寫著「仁義道德」幾個字。我橫豎睡不著，仔細看了半夜，纔從字縫裡看出來，滿本都寫著兩個字是「喫人」[42]！

原本狂人僅懷疑「他們會喫人，未必不會喫我」，回顧到狂人所認知的歷史事件後，發現歷史總是書明「仁義道德」，對狂人而言卻是「喫人」[43]！由此回顧活動讓狂人更加妄想，他所注視的「他者」們「想要喫我了」！

狂人不斷地透過歷史的回顧，舉例出：

---

[41] 魯迅：〈狂人日記〉，楊澤編：《魯迅小說選》，頁 5。

[42] 魯迅：〈狂人日記〉，楊澤編：《魯迅小說選》，頁 6。

[43] 多數人認為此為魯迅為反封建、反禮教的吶喊，如王明君：「……藉由一個狂人的心理活動，對中國傳統和社會做錐骨敲髓的諷刺，這聲反封建反禮教的吶喊，撼動了在傳統裡沈睡已久的千萬心靈，以狂人為主角的創造的藝術形象與日記體獨特的寫作技巧，更引起當時文壇的廣大迴響。」但本文以討論〈狂人日記〉中以狂人為主的人際網絡之「互為主體」的結構為主，故對此一議論保持「存而不論」的中性看法，見王明君：〈從小說的敘事模式來看〈狂人日記〉的突破與創新〉，《中國文化月刊》，第 204 期（1997 年 3 月），頁 106。

他們的祖師李時珍做的《本草什麼》上，明明寫著人肉可以煎喫；他還能說自己不喫人麼？

至於我家大哥，也毫不冤枉他。他對我講書的時候，親口說過可以「易子而食」；又有一回偶然議論起一個不好的人，他便說不但該殺，還當「食肉寢皮」[44]。

易牙蒸了他兒子，給桀紂喫，還是一直從前的事。誰曉得從盤古開天闢地以後，一直喫到易牙的兒子；從易牙的兒子，一直喫到徐錫林；從徐錫林，又一直喫到狼子村捉去的人。去年城裡殺了犯人，還有一個生癆病的人，用饅頭蘸血舐[45]。

狂人不斷回顧歷史上喫人的事件，魯迅刻意書寫「易牙蒸了他兒子，給桀紂癡[46]」塑造出狂人對歷史混淆、混亂的瘋狂感覺，伍致學指出：

> 在面對過去的歷史時我們能作的，只是對歷史事件重新加以回憶，通過人之歷史意識的投射與歷史想像之重現，然後給與歷史事實一種新的生命與理想而已[47]。

---

[44] 魯迅：〈狂人日記〉，楊澤編：《魯迅小說選》，頁 8。

[45] 魯迅：〈狂人日記〉，楊澤編：《魯迅小說選》，頁 8。

[46] 易牙是齊桓公的廚師，與桀紂不相關，且桀、紂不可能同時喫到易牙的兒子。見《管子·小稱》：「夫易牙以調和事公，公曰：『唯蒸嬰兒未嘗』，於是蒸其首子而獻之公。」《管子》（臺北市：臺灣商務印書館，1980），頁 567。

[47] 伍至學：《人性與符號形式》（臺北：台灣書店，1998 年 3 月），頁 127。

狂人就是對於過去的歷史重新加以回憶，透過自己的歷史意識和歷史想像，重現出對「喫人」的歷史一種新的生命詮釋，雖然「喫人」的歷史並非狂人所理想的，但卻是狂人觀念所認同的，因而狂人亦回顧與想像重新架構起自己家裡的歷史：

> 我捏起筷子，便想起我大哥；小得妹子死掉的緣故，也全在他。那時我妹子纔五歲，可愛可憐的樣子，還在眼前。母親哭個不住，他卻勸母親不要哭；大約因為自己喫了，哭起來不免有點過意不去。如果還能過意不去……妹子是被大哥喫了，母親知道沒有，我可不得而知[48]。

狂人又回顧更早以前的家庭歷史：

> 記得我四五歲時，坐在堂前乘涼，大哥說爺娘生病，做兒子的須割下一片肉來，煮熟了請他喫，纔算好人；母親也沒有說不行[49]。

狂人透過回顧對家庭的記憶、重新注視妹子的死亡，妄想自己也成了喫人歷史的一部份：

> 四千年來時時喫人的地方，今天纔明白，我也在其中混了多年；大哥正管著家務，妹子恰恰死了，他未必不和在飯菜裡，暗暗給我們喫。

---

48 魯迅：〈狂人日記〉，楊澤編：《魯迅小說選》，頁 14。
49 魯迅：〈狂人日記〉，楊澤編：《魯迅小說選》，頁 15。

> 我未必無異之中，不喫了我妹子的幾片肉，現在也
> 輪到我自己……
>
> 有了四千年喫人履歷的我，當初雖然不知道，現在
> 明白，難見真的人[50]！

狂人在不斷地對回憶、對歷史作注視，注視歷史與妄想中「喫人」的「他者」，也注視妄想中「喫人」的自我。由於當下自我是奠基於過去的自我，在喫人的歷史結構和妄想中過去喫人的自我確認，狂人最終惶恐地確認自己背負著四千年喫人的歷史原罪，自己是「喫人」社會中的一份子。

因而在狂人妄想式的回顧的注視下，狂人從未知「他者」為何怕自己又想害自己，到最後確認了處於當下「喫人」的他者們與「被喫」的自己都是在「喫人」歷史的結構脈絡中，透過回顧的注視，讓小說的結構清晰可見。

前瞻活動中注視的他者

前瞻是指主體的內在時間意識意向到印象物的未來，也就是對印象物有所預期，鄔昆如指出：

> 胡塞爾用回顧與前瞻來解釋過去與未來。其實這回顧與
> 前瞻都是「現在」的變化。現在的向後就成了回顧，回

---

[50] 魯迅：〈狂人日記〉，楊澤編：《魯迅小說選》，頁 15。

顧過去的事實；現在的往前就成了前瞻，展望將來。故此，過去和將來都統一在「現在」的「永恒性」之中[51]。

人透過「回顧」自過去時間奠基了當下的自我的存有，透過前瞻預期了自我的持續存有，而過去和將來總是被意識統一於當下現在的時間，吾人對未來的前瞻是「永恒」地透過當下去感知，而且也必須永恒地對未來去前瞻，因為「從時空觀念上來說，人是屬於未來的[52]」，如我們在〈狂人日記〉的第二則日記中，狂人對未來不斷地預期，認為「他者」會想害他，而第三則日記中，由於狂人當下回顧到狼子村佃戶挖惡人心肝來喫的事件，前瞻到「我也是人，它們想要喫我了[53]！」，從此狂人持續「期待」自己被喫的可能：「靜靜的養，養肥了！它們是自然可以多喫[54]。」狂人的內在時間意識相當強烈，甚至將未來的預期當下化、過去化：

> 喫人的是我哥哥！
> 我是喫人的人的兄弟！
> 我自己被人喫了，可仍然是喫人的人的兄弟[55]！

---

[51] 鄔昆如：《現象學論文集》（台北：黎明，1981 年 5 月），頁 41。
[52] 吳曉：《詩歌與人生：意象符號與情感空間》（台北：書林，民 84 年 3 月），頁 107。
[53] 魯迅：〈狂人日記〉，楊澤編：《魯迅小說選》，頁 6。
[54] 魯迅：〈狂人日記〉，楊澤編：《魯迅小說選》，頁 7。
[55] 魯迅：〈狂人日記〉，楊澤編：《魯迅小說選》，頁 8、11。

這段狂人因妄想哥哥喫人而大聲疾呼的句子，因為狂人情緒激動，而將尚未發生的「喫人」表述成已經發生的事情，然「前瞻」的活動不僅是預期或表述，還可以是行動的籌劃，狂人欲意改變喫人的現況，要從他的大哥開始：

> 我詛咒喫人的人，先從他起頭；要勸轉喫人的人，也先
> 從他下手[56]。

我們從小說文本中看見時間性，而小說的時間性透過情節、人物的行動來展開[57]，在狂人對未來前瞻的注視下，他欲意改變「喫人」的惡習而展開行動，從勸狂人自己的哥哥不要喫人開始，狂人預期：

> 「你們可以改了，從真心改起！要曉得將來容不得喫人
> 的人，活在世上[58]。」

可見此時狂人在前瞻活動中對「他者」的注視，是未來不容許喫人，而「他者」必須放棄喫人的行為，換句話說，在前瞻活動的注視中，狂人意欲建構一個不喫人的「互為主體」結構，倪梁康指出互為主體的結構就是：

---

[56] 魯迅：〈狂人日記〉，楊澤編：《魯迅小說選》，頁 10。

[57] 龔鵬程：「小說的時間可分為表面時間、心理時間、戲劇時間。」而不論哪一種時間的表述，都是通過情節中人物的行動所開放出來。見龔鵬程：《文學與美學》（台北：業強出版社，1995），頁 138-139。

[58] 魯迅：〈狂人日記〉，楊澤編：《魯迅小說選》，頁 13。

本己自我在構造出事物和由這些事物所組成的自然視域
之後，如何再通過立義構造出他人以及由他人所組成的
社會視域的問題[59]。

在狂人的本我的妄想，構造出當下將「喫人的他者」們此一「社
會視域」，進而透過前瞻活動的注視，狂人本我重新建構出他
所注「不喫人」的世界觀，而欲意改變他者，重新構造出一個
「不喫人的他者」們所共同組成的「互為主體」結構，而狂人
最終因為透過回顧的奠基，認定了本我也是喫人的，因此否定
了狂人自我能夠重構出「不喫人的他者」的「互為主體」的人
際結構的可能，因而日記最末，雖肯定「不喫人」的想法，卻
企圖將「不喫人」理念的建構付諸未來且不確定的「他者」：

　　沒有喫過人的孩子，或者還有？
　　救救孩子……[60]

這樣的呼喚，是對前瞻活動注視中不確定對象的「他者」的一
種肯定，卻也是對自我和周圍「他者」們完全的否定，再進一
步解釋，如此悲哀與誠摯的表述，揭示了狂人對否定當下「喫
人」現象的一種悲切的前瞻意識。

[59] 倪梁康：《意識的向度：以胡塞爾為軸心的現象學問題研究》，北京大學出版
　　社，2007)，頁 137。
[60] 魯迅：〈狂人日記〉，楊澤編：《魯迅小說選》，頁 15-16。

他者的注視

在〈狂人日記〉中，不但狂人注視「他者」，「他者」也同樣注視狂人，而且我們在〈狂人日記〉中，不斷地發現「他者的注視」，賀幼玲就指出：

> 狂人不停地描述別人看他的眼神、表情，別人對他的議論，猜測別人對他的企圖，將自己埋入萬分沉重的恐懼中。在如此短短的篇幅中，這樣高頻率的重複是令人印象深刻的。這樣高頻率的重複，不僅是強調了敘述者想要表達的訊息，讓這種被迫害的夢魘，瀰漫於整個人物意識的底層，也瀰漫了整個敘事時間[61]。

但因為〈狂人日記〉主要為第一人稱的日記體敘述，所以讀者能看見「他者」的注視，總是先出自於狂人對「他者」的注視，而狂人帶有妄想批判的注視總使「他者」的注視被給予了「怕我，想害我，喫我」非理性的意義，除此之外狂人對「他者的注視」並未多加著墨，如王明君所說：

> 除了狂人之外，魯迅對其它的角色都並未做過多的著墨，幾乎所有人物的言情像貌都經由狂人的心、狂人的眼、

狂人的口的觀察來陳述描繪，作者將所有焦點都集中在
這個充滿疑慮、敏感易怒的狂人身上[62]。

日記中所有「他者的注視」其實都是狂人的注視，魯迅為了凸
顯狂人的瘋狂形象，而缺少於塑造「他者」們的形象，因此「他
者」們的人物形象相當空白，然〈狂人日記〉最初注視狂人的
「他者」，卻是小說中文言小序的作者、狂人的大哥以及清醒
後的狂人某君，小說中文言小序作者對狂人的注視，實則對「狂
人日記」的注視，其言：

> 持歸閱一過，知所患蓋「迫害狂」之類。語頗錯雜無倫
> 次，又多荒唐之言；亦不著日月，惟墨色字體不一，知
> 非一時所書。間亦有略具聯絡者，今撮錄一篇，以供醫
> 家研究[63]。

小說中小序作者在注視「狂人日記」中狂人的過程中，給予了
「迫害狂」之類病狀的意向指涉，而中性地指出「狂人日記」
雜錯無倫次、荒唐但仍有聯絡結構，基本上，小說中小序作者
注視的只是文本本身的理路，而非狂人的本質；而至於狂人的
大哥，我們從小序可看見他對於狂人的痊癒是欣喜的：

---

[62] 王明君：〈從小說的敘事模式來看〈狂人日記〉的突破與創新〉，《中國文化
月刊》，第 204 期（1997 年 3 月），頁 108。

[63] 魯迅：〈狂人日記〉，楊澤編：《魯迅小說選》，頁 3。

言病者其弟也。勞君遠道來視，然已早愈，赴某地候補
矣。因大笑，出示日記二冊，謂可見當日病狀，不妨獻
諸舊友[64]。

狂人大哥的情緒是大笑而欣喜的，吾人知道情緒的表現，是存
有對在世存有的表述方式之一，也是對於世界一種開放的「現
身」[65]，狂人大哥身為「他者」是充滿正面善意地注視狂人的
痊癒，同時亦是在回顧活動中注視到「狂人日記」本身記錄事
件的荒唐而大笑，狂人大哥對狂人在回顧活動中的注視（「狂
人日記」所書之荒唐）和當下注視狂人（赴某地候補的狂人）
與狂人所形成「互為主體」的人際結構是統一於當下，狂人的
痊癒和正常，是被身為「他者」的大哥所肯定。

　　清醒痊癒後的狂人相較於「狂人日記」中的「狂人」亦是
一個「他者[66]」，我們從小序中看見痊癒的狂人對自己發狂時
的日記篇章命名為狂人日記：「至於書名，則本人愈後所題，
不復改也[67]。」可知痊癒後的在回顧活動中注視自己，亦認同

---

[64] 魯迅：〈狂人日記〉，楊澤編：《魯迅小說選》，頁 3。

[65] 張賢根說：「情緒是此在的現身，因為情緒展開了此在的被拋狀態，而被拋
狀態是指此在是這樣一種存在者……。」因為情緒展開了此有「被拋」於在
世的狀態，透過了情緒的展開是存在更加明晰。見張賢根：《存在・真理・
語言──海德格美學思想研究》，武漢大學哲學博士論文，2002 年，頁 24。

[66] 雖然狂人的身體在時間的綿延中，本質上仍屬於持續存有，而狂人的精神意
識也是在時間綿延中產生質變，從狂癲到清醒，但小序和日記體的「狂人日
記」是屬於小說中不同的兩個被截斷和框定的時空，是故我們可以在論述中
暫時將清醒痊癒後的狂人相較於「狂人日記」裡的狂人也是一個「他者」。

[67] 魯迅：〈狂人日記〉，楊澤編：《魯迅小說選》，頁 3。

自己是一狂人，然日記被完整的保留下來，也可看見痊癒後的狂人並不完全否定過去的狂人之言行[68]，因此如前文所言，這樣前後諷刺性的結構引發的情節張力，使〈狂人日記〉成為令人津津樂道的話題。

結論：讀者的注視

　　小說中的人物是作者虛構出來的，雖然他反映作者的創作意識，但並不等於作者意識本身，因而我們閱讀小說的直接目的是為了「注視」小說本身，也就是注視小說中人物的意識[69]，而不是直接去「注視」作者，杜夫海納曾說：

> 作者的真實性絕不是做為傳記對象的那個真正的人的歷史真實性，它是呈現於作品之中的，我只是通過作品認識的那個人的真實性[70]。

我們身為讀者去「注視」小說人物，本質上我們是通過作品去瞭解小說人物的真實性，瞭解被作者虛擬出來的存有與在世存有，瞭解小說中的人物如何透過情感、語言和行動表述自我，

---

[68] 然「赴某地候補矣。」痊癒的狂人融入社會的現象也已經否定了過去的自我。

[69] 而人物的意識，就現象學來說，總是意識著某物、意向著某物，而「注視」可說是人類意識當下某物時的意向行為最常使用的感官。

[70] （法）米・杜夫海納著，韓樹站譯：《審美經驗現象學》（北京：文化藝術出版社，1992年），頁144。

瞭解作者虛擬出來的視域與人際結構，因此小說可以說是小說家們的「擬我表述」，也就是被虛擬出來的「存有」（或自我）的表述，因此如同魯迅的〈狂人日記〉這篇小說，我們要「注視」的不是魯迅的意識，而是小說中狂人的意識、小說中除了狂人外的「他者」的意識，而意識本身具有時間性[71]，因此本文分別以狂人與「他者」的角度兼顧「當下、回顧和前瞻」的內在時間意識活動來分析〈狂人日記〉中「互為主體」的人際結構觀察，希望從小說人物時間意識表述與「主體際性」的分析，讓小說的分析不僅於平面的敘事結構分析或單純的作者心理探討，而是能夠從小說文本中看見人際關係結構中更深刻的視域。

---

[71] 意識本身具有時間性，對於具有時間性外物的，主體會不斷累積新的意識，因此胡塞爾稱之為「意識流」，蔡美麗說：「意識流是一變幻不居的意識剎那之流，而意識流會把意識剎那群中蓄納著不同意識方式，集合為同一對象之不同的『被意識方式』」。見蔡美麗：〈現象學創建者胡塞爾的哲學思想〉，《當代》，第 34 期（1989 年 2 月），頁 105。

參考文獻

黃永武：《中國詩學：設計篇》（台北：巨流，1976 年 10 月）。

江日新：《馬克思・謝勒》（台北：東大，1980 年 4 月）。

管仲：《管子》（台北市：臺灣商務印書館，1980 年）。

鄔昆如：《現象學論文集》（台北：黎明，1981 年 5 月）。

王德威：〈重識「狂人日記」〉，《文星》，第 101 期，（1986 年 11 月）。

蔡英俊：〈窺伺與羞辱——論七等生小說中的兩性關係〉，《文星》，第 114 期（1987 年 12 月）。

顧俊：《小說結構美學》（台北：木鐸，1988 年 9 月）。

蔡美麗：〈現象學創建者胡塞爾的哲學思想〉，《當代》，第 34 期，1989 年 2 月）。

沙特著、陳宣良等譯：《存在與虛無（下）》（台北：桂冠，1990 年）。

周英雄：《比較文學與小說詮釋》（北京：北京大學出版社，1990 年 3 月）。

米・杜夫海納著，韓樹站譯：《審美經驗現象學》，（北京：文化藝術出版社，1992 年）。

倪梁康：《現象學及其效應：胡塞爾與當代德國哲學》（北京：三聯，1994 年，10 月）。

楊澤編：《魯迅小說選》（台北：洪範，1994 年 10 月）。

杜小真：〈沙特的現象學本體論〉，熊偉編《現象學與海德格》
　　（台北：遠流，1994 年）。

龔鵬程：《文學與美學》（台北：業強出版社，1995 年）。

王明君：〈從小說的敘事模式來看〈狂人日記〉的突破與創新〉，
　　《中國文化月刊》，第 204 期（1997 年 3 月）。

伍至學：《人性與符號形式》（台北：台灣書店，1998 年 3 月，
　　頁 127。

賀幼玲：〈從敘事方法談魯迅「狂人日記」的特色〉，《中山中
　　文學刊》，第 4 期，（1998 年 6 月）。

安延明：《狄爾泰的歷史解釋理論》（台北：遠流，1999 年
　　10 月）。

史成芳：《詩學中的時間概念》（湖南：湖南教育出版社，2001
　　年 6 月）。

張賢根：《存在‧真理‧語言——海德格美學思想研究》，武漢
　　大學哲學博士論文，2002 年）。

陳榮華：〈從海德格的存在時間到高達美的充實時間〉，《哲學
　　雜誌》，第 38 期（2002 年 5 月）。

陳榮華：《海德格《存有與時間》闡釋》（台北：台大出版中心，
　　2003 年）。

丹尼爾‧托馬斯‧普里莫茲克著、關群德譯：《梅洛——龐蒂》
　　（北京：中華，2003 年 6 月）。

許俊雅等主編：《現代小說讀本》（台北：揚智文化，2004 年）。

古旻陞：《論柏格森生命哲學中之美學》，天主教輔仁大學哲學系博士論文（2007 年 6 月）。

倪梁康：《意識的向度：以胡塞爾為軸心的現象學問題研究》（北京：北京大學出版社，2007 年）。

孫鵬程、馬大康：〈關於當代文學時間庸常化的美學思考〉，《楊子江評論》（第 4 期，2009 年）。

焦慮的兩性：論呂赫若〈牛車〉中的現實表述

摘要

　　呂赫若〈牛車〉是一篇以樸實語言反映農民面對社會變遷艱辛生活的小說，雖然小說是描寫「人物」角色的故事，但呂赫若並不是僅用小說之筆來對人物的心理意識所寫實刻劃，而是以社會為對象來描寫人在社會場域中，如何去應變時代的變遷以及人際權力的互動，因此本論文以人際場域中的「家」作為討論的奠基，從家中成員的關係、互動、情緒表達以及活動，看見呂赫若在〈牛車〉小說中所欲開展的小說情節：從主角夫婦楊添丁、阿梅的心理與互動，開展出兩人如何面對社會變遷與經濟困境的情節。我們觀察小說裡家庭場域中「人－家」的兩性結構反映出農民對社會時代變遷的種種困境，故「人－家」結本質上是對「人－社會」的問題意識，本論文即據此作為討論的方向。

前言

　　呂赫若〈牛車〉是他於一九三五年於日本《文學評論》發表的第一篇作品，這篇作品透過樸實的語言，深刻反映卑微的農民在生活的辛苦，如林明德所說：

> 〈牛車〉是典型的鄉土小說，因此，小說語言非常素樸、
> 真切，完全配合卑微人物的觀點來敘述，粗而不野，聲
> 情合一，所以傳神[1]。

〈牛車〉是典型反映鄉土社會狀況的小說，其語言筆調非常樸實地貼切貼近鄉土的卑微人物，使小說描寫的人物栩栩如生，所描寫的鄉土社會狀況亦彷若親眼所見，透過素樸生動的描述，讓呂赫若的小說能對社會現狀深刻的批評，呂赫若其人的小說一貫是以反映社會為目的，他自言：

> 我並不是不會寫以人的個性美為對象的小說。而是一直
> 更想以社會為對象，描寫人的命運的變遷[2]。

---

[1] 林明德：〈日據時代臺灣人在日本文壇——以楊逵「送報伕」、呂赫若「牛車」、龍瑛宗「植有木瓜樹的小鎮」為例〉收錄於《聯合文學》，127期，1995年5月，頁149。

[2] 呂赫若著，鍾瑞芳譯：《呂赫若日記》，台南市：國家台灣文學館，2004年，頁360。

雖然小說是「人物」角色的故事，但呂赫若並不是用小說之筆來對人物的心理意識所寫實刻劃，而是以社會為對象來描寫人在社會場域中，如何去應變時代的變遷以及人際權力的互動，也就是說呂赫若的小說雖然以社會為描述的主體，但卻以人作為社會主體的表徵，其實，巴赫金亦認為小說是以呈現社會為主[3]，然社會如何描述？社會一方面具有雜多性的多重意義，一方面是被意義結構的統一體，被許多「拋入」社會場域的存有「人」所構成[4]，因此人與社會本質上互為表裡，透過人的命運變遷來理解社會，透過社會的現狀來發現人的命運變遷；而人在社會化的過程中，所際遇到的第一個社會結構就

---

[3] 巴赫金說：「小說中應該呈現現代的一切社會－意識形態的聲音，即時代的一切重要的語言小說應該成為雜語的微觀世界。」見（俄）巴赫金：〈小說話語〉收錄於《文學與美學問題》，莫斯科：文藝出版社，1975 年，頁 222。轉引夏忠憲：《巴赫金狂歡化詩學研究》，北京師範大學出版社，2000 年 11 月，頁 136。

[4] 關於「場域」，皮埃爾·布迪厄（Pierre Bourdieu）、華康德（L. D. Wacquant）指出：「一個場域可以被定義為在各種位置之間存在的客觀關係的一個網絡（network），或一個構型（configuration）。正是在這些位置的存在和它們強加於特定位置的行動者或機構之上的決定性因素中，這些位置得到客觀的界定，其根據是這些位置在不同類型的權力（或資本）——佔有這些權力就意味著把持了在這一場域中厲害攸關的專門利潤（specificprofit）的得益權——的分配結構中實際的和潛在的處境，以及他們與其他位置之間的客觀關係（支配關係、屈從關係、結構上的對應關係，等等）。」簡單的說，場域是一具有結構性的空間（具體或抽象的空間，然而場域也有時間性），被規定在這個結構性的空間的存有，是有結構性的位置，根據這些存有的位置、結構、網絡，存有相對於其他的存有有不同類型的權力、影響與本質，例如在家庭中，父親可以行使管教孩子的權力；換言之，場域是透過存有間的權力分配所形成的空間結構。見皮埃爾·布迪厄（Pierre Bourdieu）、華康德（L. D. Wacquant）著，李猛、李康譯：《實踐與反思一反思社會學導引》，北京：中央編譯局出版社，199 年，頁 134。

是「家」,「家」是人的存有和意義凝聚的主要空間中心[5],是「我」被拋入「人」這個身份的第一個社會結構,如畢恆達所說:

> 家包含了我們賦予空間的心理、社會與文化意義。所以金錢可以買到住屋,卻無法買到一個家[6]。

「家」不僅是居住空間,而是一個具有「微社會」的意涵的意義空間、人際空間,呂赫若擅長以家庭關係結構來描寫人的命運以及人意識到命運的行動與心志,林瑞明即言:

> 呂赫若的小說以「家」為最基本單位,藉著成員間的應對進退、舊慣習俗、道德人性、社會變遷及殖民統治的影響,千絲萬縷的被牽引出來,構成一個綿密完整的小說世界[7]。

呂赫若對「家」這個場域的描述,使家中的人、習俗、家中的人面對社會變遷、社會現況所產生的行動在小說中構成一個完整綿密的世界,呂赫若即常透過「人-家」的結構來表述他所

---

5 呂怡菁:《流動與靜止——從空間感知方式論「神韻」詩朦朧間隔的審美特質》,花木蘭出版社,2007年3月,頁160-161。
6 見畢恆達:〈家的意義〉,《應用心理研究》第八期(2000),頁55-147。
7 林瑞明:〈呂赫若的「台灣家族史與寫實風格」〉收錄於陳映真等著:《呂赫若作品研究——台灣第一才子》,台北:聯合文學,1997年11月,頁69。

欲表達的小說世界，表述小說世界中的故事，因此欲意深入瞭解呂赫若小說中的故事意涵，可以先就小說中「家」的場域進結構行探究，從家中成員的關係、互動、情緒表達以及活動，看見呂赫若所欲開展的小說情節，如〈牛車〉這一篇小說，就是從主角夫婦楊添丁、阿梅的心理與互動，開展出兩人如何面對社會變遷與經濟困境的情節，我們觀察小說裡家庭場域中的「人－家」兩性結構，實際上是對「人－社會」的問題意識，以下我們從〈牛車〉小說的家庭場域出發，去深入發掘作者在〈牛車〉小說中所表述的意識。

「家」的結構表述

在〈牛車〉小說中一開始是用家庭中小孩的對話來展開劇情的：

> 「小鬼，還要哭嗎？」
>
> 惱了火，歪著自己也要哭的臉，木春敲了弟弟底頭，弟弟就更「呀──呀」地張起了和破了喉嚨一樣的聲音，睡到地上，胡亂地打著手腳，把油瓶弄翻了。
>
> 「這鬼兒……」木春捏緊了拳頭，彎下身子。「又要打呢！」但抬起了的手臂陡然失去了利器。木春溫和地說：

「發昏呀，哭，哭，怎麼辦呢？媽媽就要回來啦。衣服弄髒的呀！[8]」

透過對話聲音和畫面的敘述，生動地描繪出家庭中兄弟打架的畫面，這樣具體的畫面，有幾個符號我們必須要注意，我們以下表呈現：

符號	表象	象徵義
木春	打弟弟	爭執，家族成員關係不諧
弟弟	被打	受虐，家族成員關係不諧
油瓶	弄翻了	生活混亂；經濟損失，未來變得混亂。

家庭裡的每一個物品、每一個擺設，每一個事件都反映家庭成員的情感、意識，塑造家庭成員的人格，如加斯東·巴舍拉所說：「家的意象反映了親密、孤獨、熱情的意象。我們在家屋之中，家屋也在我們之內。我們詩意地建構家屋，家屋也靈性地結構我們。[9]」家族成員構造「家」的結構，「家」也塑造「人」的形象，木春和弟弟的打鬧，引出了後文敘述「每天如此，黃昏的時候從工作回來的父親母親，馬上開始爭吵，

8　呂赫若：〈牛車〉收錄於《呂赫若集》，台北：前衛，1994 年 10 月，頁 13。

9　畢恆達：〈家的想像與性別差異〉收錄於加斯東·巴舍拉（Gastio Bachelard）著，龔卓軍、王靜慧譯：《空間詩學》，台北：張老師文化，2004 年 10 月，頁 14。

結局就打了起來。[10]」呂赫若用幾句話構造出這一個打打鬧鬧、充滿爭執的「家」[11]，他們的家是混亂而貧窮的，父母為了生計無暇照顧小孩以致小孩在家打打鬧鬧，然而其中仍可看見家庭成員的情誼：

> 爬上了看得見裂縫的食桌上面，木春把手伸進飯桶去，把桶底的飯粒子集攏，捏成團子，塞進弟弟的手裡。
>
> 「好了好了，不要哭，吃這。哭著，媽媽回來了就要吃大苦頭呢，阿城。」
>
> 弟弟馬上不哭了，用小嘴有味地嚼著。鼻地和眼淚混和著飯一起流進嘴裏。
>
> 「好吃罷？」
>
> 兄弟吃慣了冷飯。母親早上上工的時候留下來的飯，到中午就冷了，黏著水氣。[12]

從這一小段文字，我們可以看見兩兄弟守著家兄弟之情，可看見母親在家裡較具有威嚴，我們可以以下表來解釋這段文字：

---

[10] 呂赫若：〈牛車〉收錄於《呂赫若集》，台北：前衛，頁 13。

[11] 在這裡，兄弟之間的打鬧並不代表情感不睦，因為我們在後文看到哥哥木春在哄弟弟停止哭泣，呂赫若描寫兄弟的打鬧主要用意要表現家庭的不諧，楊添丁和阿梅的爭執。

[12] 呂赫若：〈牛車〉收錄於《呂赫若集》，台北：前衛，頁 14。

表象	意義
爬上了看得見裂縫的食桌	1. 哥哥年紀還小，得用爬才能勾到桌子。 2. 裂縫的桌子代表家貧無力更換新的桌子。 3. 因為家庭成員在打架爭執的暴力，無意間使桌面裂開。
把桶底的飯粒子集攏，捏成團子，塞進弟弟的手裡。	1. 剩下的冷飯相當少，只夠弟弟一個人吃，代表經濟拮据。 2. 哥哥把最後的冷飯給弟弟，代表兄弟之情深厚。
哭著，媽媽回來了就要吃大苦頭呢	1. 代表弟弟常哭，整個家庭的氣氛是悲傷的。 2. 媽媽在家裡是比爸爸有威嚴，有地位的。
「好吃罷？」	這是哥哥的問句，但也表示兄弟兩沒有太大的物欲，只是冷飯就覺得好吃，更可見他們家的清貧。

　　呂赫若在以「孩子們的言行」描寫家庭景況後，才帶出家庭中的主要人物楊添丁和阿梅，楊添丁比妻子阿梅還早回家：

　　　　木春用了像是訴說一天底等待又像是向父親討好的
　　　　口氣開口了：
　　　　　「爸——今天早呀。」[13]

木春兄弟只能在家裡等待大人回來，而「又像是向父親討好的口氣」，可見小孩的世故和成熟，這種世故與成熟是在父母為貧窮吵架的關係中養成的，當木春他母親阿梅回來時：

二十世紀經典中文小說評析

---

[13] 呂赫若：〈牛車〉收錄於《呂赫若集》，台北：前衛，頁14。

她也不向丈夫開口，靜悄悄地把斗笠和飯盒子一放下就走到廚房，把小的孩子拉了攏來，上上下下地看了以後，似罵非罵地說：「你又睡到地上了呀。衣服髒到這樣子，洗都不能洗了呢──」不春被空氣威嚇著了，縮著身子躲在灶後面。

　　「怎麼了？這樣晚──」楊添丁正面地望著老婆說。「糊塗的女人，不早點回，孩子不可憐麼──」

　　「哼，可憐……」阿梅和搶一樣地從丈夫手裏抓過鍋來，跑到米桶邊趕快掀開蓋子看了一看。

　　「你既曉得這樣，小孩頂好是不吃冷飯，我也犯不著這樣地跑到街上的工廠裏去呀！沒有用的男人說什麼？[14]」

妻子阿梅回到家並沒有先和丈夫講話，而是先到廚房看小孩，代表她對丈夫的輕視，而故意將丈夫視而不見，表現出兩個人關係相當惡劣，而質樸的楊添丁並沒有意識到這一點，反而罵阿梅是「糊塗女人」，而引爆了兩個人的爭吵，阿梅繼續罵丈夫：

　　「是的。無論什麼時候，無論多少遍，要說的。從早跑到晚，三十錢都賺不到的男人，不是沒有用是什麼？啊呀，米桶空了。明天的米從天上掉下來麼──」

14　呂赫若：〈牛車〉收錄於《呂赫若集》，台北：前衛，頁16。

阿梅故意把米桶底咚咚地敲著響[15]。

從阿梅抱怨的話語,可以看見「米糧」、「金錢」的經濟主題是他們夫妻感情惡劣的主因,呂赫若寫「阿梅故意把米桶底咚咚地敲著響」,讓阿梅憤怒、不滿的情緒隨敲響著空的米桶動作化、聲音化;當然夫妻吵架不僅是金錢的經濟因素,最大的問題還是出自於誤解,他們夫妻的對話:

> 「啊啊,不要聽──出去了以後,我曉得麼?想一想誰都懂的。從前米那樣貴,過得很好,現在米便宜了,倒要著急米,沒有這樣的怪事。」
>
> 「正,正是這樣。從前,隨隨便便地一天賺到一圓,現在是,各處跑到了也弄不到三十錢。那道理你懂麼?」
>
> 楊添丁又正向了她,很利害的咳嗽。
>
> 「懂什麼?想瞞也瞞不住我呵。賭了錢,偷了懶,再不就貼了女人……[16]」

由於經濟問題讓阿梅對丈夫產生誤會,她對丈夫的誤會與謾罵引起丈夫的憤怒,變成粗暴的推擠行為:

---

[15] 呂赫若:〈牛車〉收錄於《呂赫若集》,台北:前衛,頁16。

[16] 呂赫若:〈牛車〉收錄於《呂赫若集》,台北:前衛,頁16-17。

「混蛋！」惱火了的楊添丁這樣叫著，跑攏去把女人的頭髮抓住，用力地一拖。阿梅慘叫了一聲，仰倒在地上，抓起手邊的碗向男人拋去。小的孩子大聲地哭了[17]。

從上引文的粗暴動作，可以呼應到前引文「裂縫的食桌」亦可能是因為如此粗暴的行為所產生，比較小的小孩阿城在小說中總是哭泣，總是體驗到暴力（體驗哥哥的暴力、注視父母打架）而哭泣，阿城在小說中顯露出一無助無力的受虐角色，受虐哭泣是他「存有」的徵象[18]，而他們夫妻常常吵架：

他們夫婦底吵架在村子裏是有名的，弄得什麼人都知道。對於這，楊添丁覺得難堪，想避開碰到的人[19]。

楊添丁夫婦時常吵架，而且讓全村的人都知道，代表他們兩性的衝突已經是一種「家」的組成氣氛，雖然阿梅的力氣比丈夫楊添丁小，但實際上阿梅卻是家長，這是呂赫若刻意平衡兩性地位，讓楊添丁和阿梅處於均衡的權力場域：楊添丁力氣大，是男人，傳統上的家主，擁有生財工具的牛車，阿梅有房子，是名義上的家主。呂赫若特意製造彼此都有支撐這個家經濟的義務：

---

[17] 呂赫若：〈牛車〉收錄於《呂赫若集》，台北：前衛，頁 17。

[18] 至於長子木春，可以說是大人與阿城間的中介，是代替大人照顧弟弟的角色，總是想辦法讓弟弟的哭泣不會影響到家庭的氣氛，但他這樣做總是徒勞的，彷彿訴說楊添丁和阿梅的努力在社會變遷的景況中，亦是一種徒勞。

[19] 呂赫若：〈牛車〉收錄於《呂赫若集》，台北：前衛，頁 35。

……阿梅也是阿梅，滿臉殺氣，抓著男人底弱點叫
了起來：

　　「滾！家是我底。沒有用的忘八，滾！」

　　楊添丁是招來的丈夫。家主是阿梅[20]。

在夫妻為經濟問題吵架，互相動手，孩子永遠是更受到傷害的：

　　望著父親母親底氣色，孩子們溫順地縮小了，肚子餓得
　　利害，但不聲不響地望著[21]。

孩子作為父母的附屬品，也是「家」的重要徵象，在父母發怒吵架的爭執點時，「家」是被無視的，他們也是被無視的，呂赫若誇張地以「孩子們溫順地縮小了」來描寫「家」在楊添丁和阿梅的怒氣中被忽略了，「家」本質上，具有「在世存有」歸屬的中心空間位置[22]，是「是一個繭，讓我們在其中得到滋養，卸下武裝。[23]」，是夫妻兩性共有的空間，小孩是夫妻兩性所構成的中介，形成「家」的重要意象，但夫妻吵架的過程

20　呂赫若：〈牛車〉收錄於《呂赫若集》，台北：前衛，頁 35。

21　呂赫若：〈牛車〉收錄於《呂赫若集》，台北：前衛，頁 38。

22　李紫琳：《詩意地棲居：《楚辭》中的空間感與身體感》，國立東華大學中國語文學系碩士論文，民 96 年 7 月，頁 58。

23　Macurs, Clare Cooper. House as Mirror of self: Exploninng the Deeper Meanming of home. Berkeley California: Conari Pree, 1995. pp2。轉引簡政珍：〈台灣都市詩的空間意象與隱喻〉收錄於《臺灣詩學》，臺灣詩學季刊雜誌社，第 6 期，民 94 年 11 月，頁 10。

中，否定了家在存有歸屬的中心位置，自然否定小孩在家的
位置。

但其實他們並不是不注意小孩的，當阿梅為娼賺錢深夜
回來：

> 夜深阿梅一走進門，小孩就叫著抱住她，接著一直
> 像討好似地望住她底臉。近來母親總是夜深從街上回來，
> 小孩們也感到了。那使小孩們寂寞、不平。
> 「肚子餓麼？要睡罷。」
> 一看到小孩們底臉，陡然眼睛發熱了[24]。

呂赫若刻意用這段文字來表現阿梅的母性，阿梅與孩子的家庭
關係，明示阿梅是為了孩子、家庭才從事娼妓這樣的經濟活動，
這時「家」在阿梅「存有」的「中心位置」又回來了，但是經
濟的壓迫總讓楊添丁和阿梅焦慮且哀愁，之後再也不見小說中
對小孩的敘述，僅剩下描寫楊添丁和阿梅對於經濟壓迫的窘
境，整個「家」的結構也跟著支離瓦解了。

男性的焦慮

陳芳明在〈復活的殖民地抵抗文學〉中提及：

---

[24] 呂赫若：〈牛車〉收錄於《呂赫若集》，台北：前衛，頁41。

殖民政權雖然是以雄性的、陽剛的姿態存在於台灣，這並不代表凡是男性都可以分享殖民體制的權力。弱小民族的台灣男人，事實上只能扮演殖民者的共犯，或者是與女性一般，也是受盡了欺凌[25]。

誠如陳芳明所言，在日據時期的台灣小說所展現的男性主要角色，幾乎都是受到壓迫的、欺凌的，呂赫若〈牛車〉中的男主角楊添丁也是如此，而楊添丁是招來的丈夫，相較之下，楊添丁所必須承受的壓抑比常人更甚，他不但受到殖民體制日方大人的壓迫，經濟的壓迫，更受到自己妻子的歧視，而最主要受到壓迫的原因是來自經濟的問題：

雖然是那樣無知的楊添丁，但也感到近來自己一添一天地被推下了貧窮底坑裏。慢吞吞地打著黃牛底屁股，拖著由父親留下來的牛車在危險的狹小的保甲道上走著的時代，那時口袋裏總是不斷錢的。就是悠悠地做在家裏，四五天以前都爭著來預定他去運米運山芋。當保甲道變成了六間寬的道路，交通便利了的時候，就弄成這樣子，自己出去找都找不著，完全不行了[26]。

[25] 陳芳明：〈復活的殖民地抵抗文學〉收錄於陳芳明：《危樓夜讀》，台北：聯合文學，1996 年 11 月，頁 238。

[26] 呂赫若：〈牛車〉收錄於《呂赫若集》，台北：前衛，頁 17-18。

楊添丁感受到社會的變遷讓他經濟變得窘困，過去駕牛車運貨是相當容易賺錢的工作，但交通便利之後，貨運汽車取代了牛車的功能，讓楊添丁開始對經濟產生焦慮，他想：「自己不夠認真麼？──楊添丁自己問自己。不，比以前要認真一百倍，一天都沒有偷懶過。老婆每天罵自己是懶人，沒有用，性子燥的他越想越氣，甚至想把老婆打死。[27]」我們在這邊看到呂赫若以第三人稱冷靜客觀的描述楊添丁的同時，也介入了楊添丁的情感意識，透過楊添丁的自問與思考，把楊添丁的自怨和憤怒顯現出來。

呂赫若寫楊添丁天一亮就到街市的萬發精米所去找工作：

> 在小街的萬發精米所前面，楊添丁輕輕地摸一摸牛底鼻梁，停止了車子。把斗笠放在車上以後，無精打采地躄進了精米所底大門。房子裏電動機呻吟著[28]。

呂赫若細心地寫「楊添丁輕輕地摸一摸牛底鼻梁」來停下牛車，來表示楊添丁熟練駕馭他的牛，以及對他的牛有一份疼惜感，但「無精打采地躄進了精米所底大門」的神態表示楊添丁已經習慣在精米所找不到工作的日子，這次來精米所亦沒有預期有工作，但又不得不來[29]；另外我們在這段文字中看到精米所門

---

[27] 呂赫若：〈牛車〉收錄於《呂赫若集》，台北：前衛，頁 18。

[28] 呂赫若：〈牛車〉收錄於《呂赫若集》，台北：前衛，頁 18-19。

[29] 〈牛車〉後文述了楊添丁的想法：「在街上，無論到哪裏去都沒有人僱──楊添丁早已知道得清清楚楚的。……但為了生活底必要，沒有把那在臉上

焦慮的兩性：論呂赫若〈牛車〉中的現實表述

59

裡門外為界線，將「房子裏電動機呻吟著」和「牛車」分隔開來，其中蘊含著兩者的差異性，我們可以以下表表示：

名稱	意義一	意義二	意義三
電動機呻吟著	進步，跟得上時代	富裕	正在運轉、工作
牛車（停下）	守舊，落後，跟不上時代	貧窮	沒有工作，尋求工作機會

楊添丁終究在精米所找不到工作，呂赫若透過精米所內的一個老頭子客人道出了牛車找不到工作的原因：

> 在現在，牛車是，誰都不做這行生意了。就是山裏的人，也都有腳踏貨車，因為那比遲緩的牛車要上算呢。我小的時候牛車很多，現在不是不大看得到麼？那到底感步上走得快的貨運汽車和腳踏貨車呀[30]。

老頭子繼續以原本用水車舂米，現在都改成花同樣的錢找精米所的精米機舂米作為例子[31]，說明時代變遷的可怕，楊添丁在老頭子等人的勸說時代變遷應該有所改變時，他對精米所的人說道：

表現出來。到不肯僱的地方去勉強地求情，十回頂多不過有一回成功。雖然心裏這樣算得到，但到誰也不肯僱的時候，他依然只得到街上的老地方去打轉。」見呂赫若：〈牛車〉收錄於《呂赫若集》，台北：前衛，頁23。
[30] 呂赫若：〈牛車〉收錄於《呂赫若集》，台北：前衛，頁21。
[31] 呂赫若：〈牛車〉收錄於《呂赫若集》，台北：前衛，頁22。

「我也是，比較做這行牛車買賣，種田不曉得好多少。但是，那……」

　　說些不花本的乖巧話罷了——楊添丁想著就憤憤地走出了萬發精米所[32]。

在此段，楊添丁雖然口中說種田比較好，但我們從後文仍可以看見楊添丁昧於隨時代、昧於社會變遷的思想，林明德將小說裡描寫這種心態解釋得很透徹，他說：「〈牛車〉情節是複雜的，以牛車為主軸，糾葛時代變遷、楊添丁夫婦的生活應付，既呈現落伍的情節又展示生命的茫昧。[33]」楊添丁夫婦雖然努力去工作應付生活必須的經濟問題，但他們並沒有理解到時代變遷，產業和個人心態也必須跟著轉變，如同賴和所言：「時代的進步和人們的幸福原來是兩件事，不能放在一起並論啊！[34]」時代的進步並不能讓楊添丁工作得更順利，反而更讓楊添丁找不到工作。

　　小說安排了楊添丁的一次牛車買賣的工作，鄉裏的王生要求楊添丁凌晨兩點左右出門運貨到芭蕉市，楊添丁看見有三四臺同樣從事牛車買賣的熟人一起在這個時候摸黑趕路[35]，因為

---

[32] 呂赫若：〈牛車〉收錄於《呂赫若集》，台北：前衛，頁23。

[33] 林明德：〈日據時代臺灣人在日本文壇——以楊逵「送報伕」、呂赫若「牛車」、龍瑛宗「植有木瓜樹的小鎮」為例〉收錄於《聯合文學》，127期，1995年5月，頁148。

[34] 賴和：〈無聊的回憶〉收錄於李衛南編：《賴和先生全集》，台北：明潭，1979年，頁229。

[35] 呂赫若：〈牛車〉收錄於《呂赫若集》，台北：前衛，頁24-28。

摸黑，所以這些牛車才能光明正大在道路中心走著，因為路旁有塊石碑：「道路中央四周不准牛車通過。[36]」因為用小石頭鋪得坦平的道路中心是汽車走的，石碑對這些從事牛車賣賣工作的男人來說是壓迫、專制的符號，象徵壓迫牛車不能與汽車爭道，是貨運汽車的幫兇，這群受到汽車壓迫的駕駛牛車男子，趁著夜色：

> ……馬上找來了一個大石頭。兩個人舉了起來，用力地撞上去。撞了兩三次，路碑就不費力地倒了[37]。

這些人知道貨運牛車爭不過貨運汽車，又被規定不得牛車行走於路中心，透過推倒路碑來發洩對於貨運汽車盛行導致牛車行業衰落的不滿，但這些從事牛車買賣的男人也僅能透過這樣的動作發洩自己的焦慮，並沒有另謀他法的念頭。

而從前和楊添丁同是牛車同行的老林出現，給了楊添丁一個除了牛車買賣的新的「謀生」方向[38]；老林做了賊被關進監獄裡六個月，他自言已經不坐牛車買賣的工作：

---

36 呂赫若：〈牛車〉收錄於《呂赫若集》，台北：前衛，頁29。
37 呂赫若：〈牛車〉收錄於《呂赫若集》，台北：前衛，頁29。
38 他們聊天的時候，呂赫若特意描寫路邊的景色：「從和鐵入並行的火磚製造工廠噴出的黑煤烟把空氣弄髒了，逼得過路的人把臉轉向旁邊。」象徵著時代進步，社會變遷卻讓一般人過得不幸。

……（牛車買賣）已經歇手了呀。（牛車）賣掉了。沒有幹頭。現在這時世，做工是牛傻子，玩玩反而上算哩[39]。

老林指玩玩賭博，贏得時候可以賺上一筆，輸的時候可以「到有錢人底府上叨光叨光……捉到了就在那裏住個年把，那時候有飯吃……我是到無論怎樣也沒有辦法的時候，還故意跑去吃呢。沒有什麼可怕的，看守已經成了朋友。[40]」雖然是賭博、做賊和進監獄吃牢飯，但卻讓楊添丁有些認同的「感動[41]」；老林是發現時代變遷，已經不是牛車買賣運貨的時代，而且用自己的方式去應變這個時代，這也是被壓迫的窮困人民沒有辦法的辦法，而老林的出現，也為楊添丁後來的行為埋下伏筆，呂赫若並沒有特別去批判社會變遷的事非，也不激動地論述資本家壓迫窮人，只是透過人物對話和背景的安排，敘述出貧窮人家的悲哀，如陳文洲指出〈牛車〉：「呂赫若在小說中沒有慷慨激昂的陳詞，沒有戲劇化的動人情節，他只是以一種平穩舒緩的口吻在訴說著這個故事。就好像是一段農村生活的真實記錄，極具說服力和感染力。平凡而通俗，讓人更容易體會真實的一面，這是呂赫若小說的好處。[42]」呂赫若彷彿只是用冷靜

39　呂赫若：〈牛車〉收錄於《呂赫若集》，台北：前衛，頁33。
40　呂赫若：〈牛車〉收錄於《呂赫若集》，台北：前衛，頁34。
41　呂赫若：〈牛車〉收錄於《呂赫若集》，台北：前衛，頁34。
42　陳文洲：〈試探呂赫若小說「牛車」〉收錄於《臺灣文藝》，第129期，1992年2月，頁80。

客觀的筆法訴說故事，讓讀者從客觀的視角中體會到人物深層的悲哀。

楊添丁努力去賺錢，一心一意煩惱這些問題，但他卻沒有解覺得辦法：「生活，錢，老婆，混蛋，牛車，在腦子裏反來覆去的時候，他感到了虛無……。[43]」我們看到以上楊添丁所煩惱的幾個問題，其實就是一個生活問題，而生活又必須要依賴「經濟」，因此楊添丁煩惱的，就是經濟問題，要如何去賺錢的問題。

而辛苦了十天才賺八十五錢的楊添丁因為在牛車上睡覺，又被開了二圓的罰單，他回家跟妻子阿梅要錢不果，終於學起了老林去做賊，他去偷別人的鵝：

> 在秤桿兩頭吊著麻袋子，脹得和香腸一樣。裏面滿滿地裝著鵝。
>
> 時時地，從窒息似的苦痛中間發出了「嘎嘎」的嘎聲叫著，鵝在狠狠地掙扎。在森森的冷靜的空氣裏面，那叫聲突然地響得很大。每一次，楊添丁被心臟給捏了一下似的恐懼和混亂所襲擊。感到自己底臉蒼白了，縮小了，非常地著慌[44]。

---

43 這邊講的混蛋顯然應該是被視為牛車競爭對手的「混蛋汽車」。見呂赫若：〈牛車〉收錄於《呂赫若集》，台北：前衛，頁45。

44 呂赫若：〈牛車〉收錄於《呂赫若集》，台北：前衛，頁48-49。

呂赫若將這段楊添丁初次做賊的情景寫得相當深刻，他擅長以冷靜的細節描寫烘托出人物、動作、情節[45]，鵝、冷空氣、鵝叫聲烘托出楊添丁做賊的緊張背景，「被心臟給捏了一下似」、「臉蒼白了」、「臉縮小了」烘托出楊添丁的著慌，把當時緊張恐懼的感覺完全寫出來，而他因為太過緊張，他小說描寫他抬著鵝到市場，看到大人（警察）就開始逃跑，而被抓住，小說到此嘎然而止。

綜觀小說中的楊添丁，先描寫他在家庭中與家人關於工作、賺錢的對話，繼而寫為了在街上、精米所尋覓不到工作而焦慮，然後呂赫若描寫了這些從事牛車買賣的男人們對那被准許走在道路中央的「混蛋汽車」共同的焦慮感，又讓楊添丁為了大人開的罰單而焦慮罰金，鋌而走險做賊，我們可以看到楊添丁為了家庭而極力想賺錢，卻反而更陷入貧窮深淵的焦慮感，就如小說中所說「感到了虛無……」的無力感，整篇小說雖然以客觀冷靜筆法來刻劃平淡樸實的生活，卻充滿對經濟壓力的焦慮感，面對這種焦慮，楊添丁只能謹守「牛車」這樣落後的經濟活動，最後被逼得讓自己去做賊，到他被大人抓到，楊添丁的「焦慮」中止，產生「絕望」，小說也告一段落，可見〈牛車〉小說想要集中描寫窮人因為社會變遷所面臨經濟壓力的焦慮企圖是相當明顯的。

---

45 張恆豪說：「呂赫若的文學，特別興味於瑣細的敘述手法及客觀的形式控制，透過冷酷的筆觸，剖析農業經濟過渡到工商經濟中個人和家族的困境……。」見張恆豪：〈冷酷又熾熱的慧眼——呂赫若集序〉收錄於《呂赫若集》，台北：前衛，1991 年，頁 10。

女性的悲哀

在〈牛車〉小說一開始，先描述小孩看家的情況，然後寫到楊添丁回家，最後才寫阿梅回家，從小說的出場順序，我們可以很直接理解到阿梅最晚下班，工作最重，而且阿梅在甘蔗田或波蘿罐頭工廠上工的工作應是每天有的[46]，因此阿梅是比丈夫更像是家中的經濟支柱，女性阿梅同樣如楊添丁一般煩惱經濟的問題，她因為楊添丁不會賺錢而瞧不起他：

> 從早跑到晚，三十錢都賺不到的男人，不是沒有用是什麼[47]？

阿梅並不理解楊添丁的牛車買賣為何從早跑到晚，卻賺不到錢，因此懷疑丈夫賭了錢，偷了懶，再不就貼了女人……不認真地去找雇主[48]，阿梅同楊添丁一樣不知牛車買賣的生意已經不符合時代潮流，因此他們總是為了錢吵架：

> 夫婦晚上回來又為錢打了起來。因為那是很久以前繼續下來的，楊添丁終於忍耐不住爆發了。

---

[46] 小說一開始說：「兄弟吃慣了冷飯。母親早上上工的時候留下來的飯……。」可見至少阿梅是經常可以上工的，見呂赫若：〈牛車〉收錄於《呂赫若集》，台北：前衛，頁14。

[47] 呂赫若：〈牛車〉收錄於《呂赫若集》，台北：前衛，頁16。

[48] 呂赫若：〈牛車〉收錄於《呂赫若集》，台北：前衛，頁16。

「這樣還――你到底為什麼這樣不懂道理！」

在力氣大的男人面前，女人弱得像豆腐一樣。狠狠地被打一頓以後，阿梅也是阿梅，滿臉殺氣，抓著男人底弱點叫了起來：

「滾！家是我底。沒有用的忘八，滾！」

楊添丁是招來的丈夫。家主是阿梅[49]。

此處宣告了阿梅才是他們家的主人，「招贅」的社會制度是他們家庭的奠基性，且阿梅對「家」的空間――「房屋」有所有權，呂赫若透過如此巧妙的安排，讓肉體與社會地位處於弱勢的阿梅，在「家」這個場域裡處於和楊添丁接近平等的位置，我們可以以下表表示：

	楊添丁	阿梅
身體力量及傳統社會地位	強	弱
家主名義	無	有
擁有物	牛車	家屋
職業	牛車買賣（貨運）	甘蔗田或波蘿工廠上工

呂赫若刻意製造楊添丁與阿梅在「家」這個場域裡，處於均衡平等的位置，兩個人都同樣必須為「家」的經濟出份心力，

---

[49] 呂赫若：〈牛車〉收錄於《呂赫若集》，台北：前衛，頁35。

因此當他們體驗到牛車買賣在這個時代賺不了錢，想要成為佃農種田時，楊添丁要求妻子阿梅出賣身體去賺錢：

> 「暫時的，是的，暫時的就行了。那……也可以。只要能賺錢，我是不要緊的。[50]」

阿梅為了賺錢而去「街上的鬼洞」從事娼妓的工作，而這件事也在村裡傳開，但對阿梅來說「較之謠言，度命的『錢』更為重要。[51]」雖然呂赫若〈牛車〉以第三人稱的冷靜筆法來寫，但當寫到阿梅從事娼妓工作的心情，卻涉入了第一人稱的心境，使阿梅難堪、後悔、憤怒的心情寫實地被呈現出來：

> 被不認識的男子也蠻地用力把身子抱住，那時候真想哭了。但抓住錢的時候又有一種得救了的輕快。到給了一些錢把在門口的主人老婆子走上回家的路，就又被後悔的念頭所襲擊了。覺得做了很壞的事情，她憤憤地起了想即刻譏罵丈夫的慾望[52]。

我們看見阿梅為了家出賣自己的身體，為了錢從事娼妓工作，這雖然非她所願，但她仍焦慮悲哀地去做，阿梅以她家主的身份，

---

[50] 呂赫若：〈牛車〉收錄於《呂赫若集》，台北：前衛，頁40。
[51] 呂赫若：〈牛車〉收錄於《呂赫若集》，台北：前衛，頁41。
[52] 呂赫若：〈牛車〉收錄於《呂赫若集》，台北：前衛，頁42。

一種被社會構成的性別身份,她為他們的家付出更多,小說中寫
「老婆出賣肉體的錢是一家底命脈」來表示阿梅的確是家中的經
濟支柱,然而以肉體的解剖學的性別,她仍希望能倚賴丈夫:

> 阿梅用了悲哀的聲音向兩三天回來一次的丈夫說:
> 「想想法子罷。——真是討厭的事情。你男子漢那
> 樣沒有用麼!」
> 臉轉向旁邊,終於落下了淚[53]。

雖然阿梅身為家主,但仍想依賴在肉體方面強勢的丈夫,但家
裡對於金錢的缺乏總是不斷的壓迫他們,而楊添丁因為在牛車
上打瞌睡而被日本大人罰款兩圓回家向阿梅要錢,更讓阿梅憤
怒而感到絕望:

> 「不曉得。你這樣的男人管得著麼?⋯⋯家裏這樣
> 苦,還能夠在牛車上悠悠地打瞌睡呢。說是著急家,說
> 說罷了。」
> 像是被推進了絕望裏面,她流著淚大聲地歎息了。
> 丈夫說是要認真,原來是騙自己的,
> 想到這她非常後悔了。
> 「為了家,忍痛地那樣出賣自己底身子,我傻呀!」
> 後悔的念頭高了起來,阿梅終於哭了[54]。

---

[53] 呂赫若:〈牛車〉收錄於《呂赫若集》,台北:前衛,頁42。
[54] 呂赫若:〈牛車〉收錄於《呂赫若集》,台北:前衛,頁47-48。

阿梅原以為至少能與丈夫共同努力籌錢，身為家主她為了家出賣自己的身體，但她無法體驗楊添丁也同樣努力工作，阿梅看到的現象是楊添丁打瞌睡被罰錢而來向自己要錢，因此阿梅絕望、後悔，我們從此可以看見身為家主的阿梅仍會有想依靠自己的男人楊添丁的念頭，只是她認為楊添丁「沒用」，所以才出賣身體賺錢[55]。

　　呂赫若設定阿梅為家主，讓阿梅在社會構成的性別佔優勢，使身為女性的阿梅在「家」的場域中有更重要的位置去關切「家」的經濟問題，因此阿梅到甘蔗田、波蘿罐頭工廠和「街上的鬼洞」去上工也就更具合理性，阿梅在〈牛車〉中所面對的焦慮與哀愁並不會亞於楊添丁，她必須因為從事性工作而承受他人的眼光和流言，除了從事性工作的羞恥外，阿梅她更在意自己的男人對家裡不負責、懶惰，因此她得知楊添丁在牛車上打瞌睡而被罰金，「像是被推進了絕望裏面，她流著淚大聲地歎息了。」，相較之下，楊添丁的煩惱比阿梅輕鬆多了，楊添丁認為只要自己賺錢回家，老婆就不會抱怨了[56]，因此小說中雖然較多部分著墨於主角楊添丁從事牛車買賣，昧於對時代變遷的應變，然而真正受到時代變遷、社會變化而受害的，不

---

[55] 陳芳明認為女子賣淫是「從家庭流亡出去」的表現，本質上顯現出台灣社會流亡精神的極致。而這種流亡當然是被壓迫的，透過女子賣淫能顯現出弱者在被壓迫而無能為力的情況。陳芳明：〈復活的殖民地抵抗文學〉收錄於陳芳明：《危樓夜讀》，台北：聯合文學，1996 年 11 月，頁 238。

[56] 呂赫若：〈牛車〉收錄於《呂赫若集》，台北：前衛，頁 31。

止楊添丁一人，陳芳明更指出呂赫若特意在小說中經營女性角色就是為了凸顯其壓迫性：

> 如果殖民統治與封建體制是一體的兩面，那麼呂赫若刻意經營女性的角色，顯然就是為了突出台灣社會之弱者地位。在殖民社會與封建社會裏，女性之受到迫害的事實是無可否認的。對於左翼作家而言，要描述弱者的命運，以工人與農民做為主題的對象，並非是最恰當的。以女性做為被壓迫的象徵，恐怕較具說服力[57]。

陳芳明認為呂赫若刻意經營女性角色，就是為了突出台灣社會之弱者地位，凸顯弱者被迫害的事實，在〈牛車〉中阿梅確切因社會變遷而受到的苦難亦是相當沉重的，然另一方面，楊添丁以一個「被招來的丈夫」身份，住在老婆阿梅的房子裡，在「家」的場域中，其社會性別也是同樣處於弱勢的位置[58]，可見呂赫若在〈牛車〉小說中，不僅刻意經營女性的角色，而更特意地經營肉體的、社會的「被壓迫的性別」，來凸顯小說中弱者被壓迫的現象，是相當明顯的。

---

[57] 陳芳明：《左翼台灣》，台北：麥田，1998 年，頁 223。

[58] 「從實用的觀點看，肉體是具體的可觀察的對象；但從符號系統的觀點看，肉體是一社會性能指。性別（sex）是解剖學的事實，而性（sexuality）是文化的產物，以此方式，社會虛構它與性別的關係，創造出性的角色。」見奈麗‧弗曼：〈語言的策略：超越性別規範〉收錄於格雷‧格林、考比里亞‧庫恩（Glyle Greene and Coppelia kahn）編，陳引馳譯：《女性主義文學批評》，台北：駱駝，1995 年 7 月，頁 65。

結語：焦慮與悲哀

呂赫若〈牛車〉以「牛車」為題，描寫楊添丁在時代變遷的社會仍守著這個已經不會賺錢的「牛車買賣」，最後受到經濟的壓迫不得已用最壞的方式來應變，我們知道〈牛車〉主要是以楊添丁、阿梅面對家庭的經濟問題而所做的「生活應付」，「牛車」在此被賦予經濟的「符號」，是楊添丁面對時代變遷仍守著的「牛車買賣」經濟活動，固守著「牛車」這樣的經濟活動，讓楊添丁一家「一天一天地被推下了貧窮底坑裏」，楊添丁和阿梅焦慮地「體驗」到牛車無法在當時社會賺取「家」所需要的金錢，面對此種現象，他們也想變革，他們「反思」出應變的方法，他們依照自己的身體能力、「家」場域的位置與「社會」場域中的工作能力，用自己的方法去賺取金錢以對自己的「家」付出，我們可以以下表表示：

	「家屋」場域的位置	「社會」場域中的工作能力	身體能力
楊添丁	招來的丈夫	牛車買賣	做賊
阿梅	家主	甘蔗田、波蘿工廠	娼妓

在楊添丁與阿梅面對「社會變遷」與「家」的經濟困境，他們選擇了最壞的應變方式，最終變成了「男盜女娼」的結局，

楊添丁與阿梅並不是不努力，而是無法適應社會、時代的變遷，正如洪錦淳：

> 〈牛車〉所要控訴的重點是「時代」，內容寫楊添丁這個小人物在時代轉變之下，由於處於社會的弱勢，幾經努力、掙扎，仍舊無法適應時代變革而產生的悲歌[59]。

透過楊添丁和阿梅兩個被壓迫的弱勢者，我們看見一個「家」的破碎，呂赫若在〈牛車〉這篇小說中，不但描寫了人的悲哀，亦描寫兩性的悲哀、家庭的悲哀以及社會的悲哀，整篇小說充滿了現實的焦慮與悲哀感，這也是林志潔認為呂赫若的作品最能「控訴當時的社會經濟結構和家庭組織的病態」的現實表述[60]，呂赫若是社會寫實主義作家[61]，也是一個左翼作家[62]，他的〈牛車〉小說中的確一如他的作家身份，充滿對現實社會批判的意識表述；透過小說虛擬出來的人物、家庭、事件，呈現作者所意欲表述的「多重視角」，因而表述出不同人物所感受到現實的焦慮與悲哀；小說中這種「虛構」、「擬我」的意識表述是多元而豐富的，希望透過本論文對〈牛車〉小說中楊添丁、

---

[59] 洪錦淳：〈悲歌兩唱：論呂赫若〈牛車〉與王禎和〈嫁妝一牛車〉〉收錄於《臺灣文學評論》，第 2 卷第 1 期，2002 年 1 月，頁 84。

[60] 林至潔：〈期待復活──再現呂赫若的文學生命〉收錄於呂赫若著，林至潔譯：《呂赫若小說全集（上）》，台北：印刻，2006 年 3 月，頁 33。

[61] 葉石濤：〈清秋：偽裝的皇民化謳歌〉收錄於葉石濤：《小說筆記》，台北：前衛，1983 年，頁 86。

[62] 陳芳明：《左翼台灣》，台北：麥田，1998 年，頁 223。

阿梅以及「家」的表述文字的析論，能更深入理解呂赫在〈牛車〉小說中所描寫的楊添丁、阿梅等視角，以及他透過語言的意識表述所建構出的社會現實[63]。

[63] 克莉絲・維登指出：「語言不是反映既存的社會現實，而是為我們建構了社會現實。」見克莉絲・維登（Chris Weedon）著，白曉虹譯：《女性主義實踐與後結構主義理論》，台北：桂冠，1994 年，頁 26。

生命現象的注視與開展：從朱西甯〈鐵漿〉看生命時間經驗的開展

摘要

朱西甯小說〈鐵漿〉很明顯的兩條主線：一是孟昭有爭奪鹽運的血氣英雄表現，第二是火車的通行隱喻時代的衝擊，這兩條情節的第一條主線其實是在鋪陳人類生命在時間流中的生命現象的呈現，而第二條主線火車鐵道的鋪設開通則是時間流的具體現象，藉著火車鐵道對時間開展的時間性做為小說中人類生命時間經驗的度量；本論文即是在火車所具現的時間流裡去發掘人類生命現象的開展。而「我們在注視中（意向行為中）奠基存有，在被注視中開展存有」，在此前提下，本論文先以火車鐵道在時間流中的開展來探究小說中被用來隱喻、度量時間的時間現象，繼而我們以〈鐵漿〉小說中的兩個重要角色孟昭有和孟憲貴為中心，觀察其生命現象的注視與開展。

前言：〈鐵漿〉的主題與生命現象的表述

所有的小說都是描寫某個地方，某段時間人類角色所發的故事，朱西甯〈鐵漿〉雖然沒有標明地點，但寫實地描繪出了

一個清末的北方小鎮中人們所發生的故事,關於這些發生故事的人們,柯慶明說:「洋溢在《鐵漿》這一本短篇小說集中的是一片悲劇氣息,而且大部分說來都具有古希臘悲劇的意涵,一種或者可以稱作血氣英雄的人物與命定環境的抗衡,構成了朱西宵小說中的『動作』中心。這類英雄共有的特徵是一種血氣之勇的執拗。他們是『不服氣者』。是憤怒的青年人或是中年人。是好管閒事者,或是想入非非者。它們通常都夠符上稱為『漢子』,不論是因為軀體的強健、或者是膽識的非凡[1]。」也就是說包含〈鐵漿〉小說中都突出表現一種「稱作血氣英雄的人物與命定環境的抗衡」的過程,這些人物如柯慶明所說是以「動作」示現,透過動作表現出人類生命對環境時代的對抗,如〈鐵漿〉小說中很明顯的兩條主線,一是孟昭有爭奪鹽運的血氣英雄表現,第二是火車的通行隱喻時代的衝擊,這兩條情節的第一條主線其實是在鋪陳人類生命在時間流中的生命現象的呈現,而第二條主現火車鐵道的鋪設開通則是時間流的具體現象,藉著火車鐵道對時間開展的時間性做為小說中人類生命時間經驗的度量;本論文即是在火車所具現的時間流裡去發掘人類生命現象的開展,畢普塞維克說:「從胡賽爾的立場來看,一個對象乃是在意向活動中被構成為對象的[2]。」以人的立場來看,(意向主體)意向活動所意識到的人(意向對象)

---

[1] 柯慶明:〈論朱西寧的一本短篇小說集:鐵漿〉,《境界的再生》(臺北:幼獅,1977 年 5 月),頁 404。

[2] 畢普塞維克著,廖仁義譯:《胡賽爾與現象學》(台北:桂冠,1911 年)頁110。

就是人（意向對象）在他人（意向主體）意向活動被構成一個人的形象，而注視是意向活動中最具優先性的[3]，因此也可以說生命在他人的注視中開開自我的存有，而生命本身也是透過注視他人來累積記憶，奠基自我的存有，故「我們在注視中（意向行為中）奠基存有，在被注視中開展存有」，在此前提下，本論文先以火車鐵道在時間流中的開展來探究小說中被用來隱喻、度量時間的時間現象，繼而我們以〈鐵漿〉小說中的兩個重要角色孟昭有和孟憲貴為中心，觀察其生命現象的注視與開展。

〈鐵漿〉中火車鐵道所開展的時間現象

小說中除了孟氏兩代與鹽運的恩怨糾葛外，以鐵道的鋪設和火車通行作為時代改變的象徵，而時代改變的本質是時間的流動，小說中的敘事時間可大至區分為「孟憲貴死去的現在時間」、「孟昭有死去的過去時間」，這兩段時間都以火車鐵道的意象來澄明時間，作為此在的生命具有時間性[4]，而生命的時間性就是綿延[5]，時間的綿延是被生命所意識意向到的[6]，而時

3　李清筠說：「視覺是視覺感知有意投射的聚焦。從視覺感知的過程來看，那些在對照中強度較高的對象和新奇的對象，往往是視覺的優先選擇。」因此在要去深刻認知一個人時，往往視覺具有「有意投射的聚焦」的優先性。見李清筠：《時空情境中的自我影像》（臺北：文津，2000 年），頁 261。

4　海德格說：「作為我們稱為此在的這種存在者的存在之意義，時間性將被展示出來。」此在之所以為此在的存在意義，本身具有時間性，也就是說人類生命在時間中展開出來，故言人類的此在具有時間性。見馬丁‧海德格著，王慶節、陳嘉映譯：《存在與時間》（臺北：桂冠，1994 年 8 月），頁 26。

5　班瀾說：「『綿延』是柏格森哲學的核心概念，他提出綿延不能用知性概念加以描述，只能以直覺來把握不可預測又不斷創造的連續質變過程，是包容

間本身是抽象的，只能夠透過外在具體物作為時間的參照，〈鐵漿〉小說中即以具體的火車形象作為時間的參照，使小說中的人物和讀者都能意識到小說敘事時間具體的綿延，例如在孟憲貴死掉的那天，小說寫道：

> 火車停開了，灰煙和鐵輪的聲響不再擾亂這個小鎮，忽然這又回到二十年前的那樣安靜[7]。

小說中儼然以火車的行駛與停開來形容「現在時間」的鐵道全線暢通以及「過去時間」沒有火車行駛的現象。而火車在孟憲貴死的時候因為大雪停駛，彷彿火車象徵孟憲貴的生命時間，因孟憲貴的死而停頓下來，火車和鐵道在小說中象徵時間與生命時間是很明確的，小說也以鐵道作為從現在時間轉移敘事到過去時間的徵象：

> 鐵道那一邊也有市面，叫作道外，二十年前沒有甚麼道裡道外的。有人替死者算算，看是多少年的工夫，那樣一份家業敗落到這般地步。算算沒有多少年，三十歲的人就還記得爭包鹽槽的那些光景[8]。

著過去又突向將來的一種現時的生命衝動。」見班瀾：〈論中國古代詩歌的時性時空〉收錄於《內蒙古社會科學（漢文版）》，總第 123 期，第 5 期（2000 年 9 月），頁 70。

[6] 柏格森說：「因為綿延裡的間格只存在於意識中，只是由於我們意識狀態的互相滲透才存在的。」只有意識在意識本身的意向活動中才能感受到時間的綿延，綿延是對意識開放的，而不是獨自存在的客觀體。見（法）柏格森著，吳士棟譯：《時間與自由意志》（北京：商務印書館，2007 年 11 月），頁 86。

[7] 朱西甯：〈鐵漿〉，《鐵漿》（臺北：INK 印刻，2003 年），頁 224。

[8] 同前註，頁 227。

鐵道的變化代表了周遭空間感的變化（道裡道外的變化），這變化同時也是空間的時間性表現，故小說敘事以鐵道的變化拉回到過去時間，也就是築鐵路那年：

> 築鐵路那年，小鎮上人心惶惶亂亂的。人都絕望的準備迎受一項不能想像的大災難。對這些半農半商的鎮民，似乎除了那些旱災、澇災、蝗災和瘟疫，屬於初民的原始恐懼以外，他們的日子一向都是平和安詳的。一個巨大的怪物要闖來了，哪吒風火輪只在唱本裡唱唱，閒書裡說說，火車就要往這裡開來，沒有誰見過。謠傳裡，多高多大多長呀，一條大黑龍，冒煙又冒火，吼著滾著，拉直線不轉彎兒，專攝小孩子的小魂魄，房屋要震塌，墳裡的祖宗也得翻個身[9]。

鐵道和其他「在世」的存有物一樣，對時間開放[10]，而鐵道的時間性是具有社會特徵的，鐵道在建造上反映社會經濟活動、社會需求，而在小說中也反映一種當時社會的現象，故此段引文表現出這種此特殊鐵道現象的社會時間[11]，換言之，鐵道火

---

[9] 同前註，頁 227。

[10] 王建元說：「（海德格）認為『存有』的深確認識只能從它在時間上的伸延順序入手。因為『存有』是一種瞭解『存在世界之中』的恆久不息的演化活動。」在世的存有或存有物在本質上都是對時間展開而澄明本己的存在。王建元：〈現象學的時間觀與中國山水詩〉，鄭樹森編：《現象學與文學批評》（臺北：三民，1984 年），頁 174。

[11] 夏春祥說：「社會時間乃是用以指不同文化或社會所形塑出來的時間感，它具有集體的社會特性。」在〈鐵漿〉小說中，我們看見小鎮人民以他們對火

車建造的特殊現象形成了過去時間中最重要的社會現象,這種過去時間中小鎮鎮民的生命恐懼經驗,集體成為小鎮鎮民的社會性時間記憶。

火車鐵道不但成為小鎮鎮民的社會時間記憶,也衝擊著小說中鎮民的生命時間經驗,因為火車相較於傳統生命時間經驗來說它的速度是快速的,我們可以以下表 1 表列:

表 1

火車帶來的時間經驗 (現代,快速)	傳統的生命時間經驗
鐵路鋪成功,到北京城只要一天的工夫。	快馬也得五天,起早兒步輦兒半個月還到不了。
	三百六十個太陽才夠一年,月份都懶得去記。要記生日,只說收麥那個時節,大豆開花那個時節。
延伸的時間經驗比較	
現代快速的時間經驗	傳統的時間經驗
再分成八萬六千四百秒,就該更加沒味道。	古人把一個晝夜分作十二個時辰,已夠嫌嚕囌。

上表所列傳統的生命時間經驗是個人的也是社會的,預期火車所帶來的社會時間經驗是對傳統社會時間經驗的衝擊,是時間感的加速與精密化,故大多論者對〈鐵漿〉中鐵道火車的立論都以鐵道帶來時代衝擊而概括之,而這種衝擊在本質上是

車的恐慌形的重大社會現象,而藉以形成過去時間最重要的時間表徵。夏春祥:〈論時間——人文及社會研究過程之探討〉,《思與言》,第 37 卷第 1 期(1999 年 3 月),頁 47。

集體生命時間經驗的改變，是生命在時間流綿延中意識到時間參照物的必然改變，因為生命在意識意向物的本身同時是在意向自我在時間流的位置[12]，所以意向物的時間性將會影響意向主體的時間意識。而火車的社會時間經驗在小說中帶給鎮民的時間感受衝擊可分為三個階段，我們可以以下表 2 表示：

表 2

階段	鎮民的火車時間經驗	意義
第一階段	不得人心的火車，就此不分晝夜的騷擾這個小鎮。火車自管來了，自管去了，吼呀，叫呀，敲打呀，強逼人認命的習慣它[13]。	抗拒
第二階段	火車帶給人不需要也不重要的新東西；傳信局在鎮上蓋了綠房屋，外鄉人到來推銷洋油、報紙和洋鹼，火車強要人知道一天幾點鐘，一個鐘頭多少分[14]。	體驗
第三階段	鎮上使用起煤油燈，洋胰子。人得算定了幾點幾分趕火車。要說人對火車還有多大的不快意，那該是只興人等它，不興它等人。	接受

這三個階段可表現鎮民對火車所帶來的時間經驗在時間的時間意識轉化，首先是抗拒火車的時間性，火車規律、速度的時間感，其次體驗火車時間經驗的時間精密化，在第二個階段即是火車時間經驗成為鎮民的社會時間經驗階段，第三個階

---

[12] 此處以現象學中的「意向」做為對時間感之的意識活動。莫倫指出胡塞爾對「意向」、「意向活動」的定義是「意識內容指被意識到的東西，而意識行為是活動性質，是指意識所特有的運作模式。」見德穆‧莫倫著，蔡錚雲譯：《現象學導論》（臺北：桂冠，2005 年）頁 157。

[13] 朱西甯：〈鐵漿〉，《鐵漿》（臺北：INK 印刻，2003 年），頁 237。

[14] 同前註。

段是火車時間經驗已經融入鎮民的生活，人們對火車時間經驗有了想法：「要說人對火車還有多大的不快意，那該是只興人等它，不興它等人。」也就是從第二階段的社會時間轉化成第三階段人文時間的證明[15]。

故我們在〈鐵漿〉小說中所看到鐵道火車所帶來的時間現象可分成三類，一是指「過去時間」、「現在時間」的區別，二是「現代時間的快速和精密化」和「傳統時間的緩慢和粗分」的差異，三是「火車所帶來時代變化的時間體驗[16]」，鐵道火車在小說中的時間現象具有縝密且複雜的時間表述結構，除作為小說中敘事時間的依據外，也從小鎮鎮民對火車現象的擔憂凸顯出小鎮鎮民的社會時間意識，繼而作者朱西甯運用鐵道火車的現象來澄明生命的時間經驗，這點我們在後文還會詳敘。

孟昭有的生命注視與開展

小說中敘述孟昭有最初是為了爭奪官家的包鹽，朱西甯善於描寫細節，他將孟昭有的性格寫得相當透徹：

---

[15] 夏春祥指出：「人文時間是社會時間所反映出來的普遍價值、流行風尚，與個人的興趣、特性與想法綜合作用所反映出來的時間度量。」在〈鐵漿〉小說中，我們看見「鎮上使用起煤油燈，洋胰子。」火車所帶來的社會時間經驗所引起的流行風尚，也看見人們對此時間現象的想法，是見此階段確定進入了人文時間的展開。見夏春祥：〈論時間——人文及社會研究過程之探討〉，《思與言》，第 37 卷第 1 期（1999 年 3 月），頁 47。

[16] 這種時間體驗本身也是具有「歷時」的時間性，如上文所述共分三個階段。

孟昭有比他老子更有那一身流氣，那一身義氣。平時要
強鬥勝耍慣了，遇上這樣爭到嘴邊就要發定五年大財運的
肥肉，借勢要洗掉上一代的冤氣，誰能用甚麼逼他讓開？
「我姓孟的熬了兩代，我孟昭有熬到了，別妄想我再跟
我們老頭一樣的窩囊[17]！」

孟昭有在孟家與沈長發爭包鹽的過去時間中，看他父親爭包鹽
失敗的窩囊，使他個人相較他老子「更有那一身流氣，那一身
義氣。平時要強鬥勝耍慣了……」，因此小說中孟昭有在爭奪
包鹽運的標時，本質上是否定父親爭包鹽的失敗，而意欲以爭
包鹽成功來開展自己的存有，故孟昭有言：「熬了兩代……別
妄想我再跟我們老頭一樣的窩囊！」從這句話看來，他主要爭
包鹽的目的昭然若揭，並不主要是爭包鹽的巨大利益，而是證
明自我和他父親不同[18]，汪天文指出：「人總是通過已經有的
認知模式去認識外界，通過認識不斷補充、修改乃至否定之否
定而形成新的模式，如此不斷迴圈，逐漸趨近於真理[19]。」雖
然我們不能肯定孟昭有傷害自身的方式是真理，但孟昭有卻是

[17] 朱西甯：〈鐵漿〉，《鐵漿》（台北：INK 印刻，2003 年），頁 237。
[18] 相較之下，和孟昭有爭奪包鹽的沈長發，就是純粹利益的考量，當孟昭有意
欲和沈長發比戳刀子時，我們看見小說寫：「沈長發心裡沈長發心裡撥著自
家的算珠盤兒：鐵路佔去他五畝六分地，正要包下鹽槽補補這個虧損。不過
戳兩刀的滋味大約要比虧損五畝六分地痛些。」見朱西甯：〈鐵漿〉，《鐵漿》
（臺北：INK 印刻，2003 年），頁 239-230。
[19] 汪天文：〈時間概念的哲學透視〉收錄於《江西社會科學》（哲學研究），第
6 期（2003 年），頁 24。

在過去時間流中透過認知他父親的爭包鹽失敗，修改乃至否定其父親的行為而產生自己欲爭包鹽勝利的心態，朱西甯深刻地刻化出這樣的心理模式出來，作為小說中孟昭有爭奪包鹽的偏執心態模式與動力。

存有在注視中認識外界，通過認識不斷修正、修改乃至否定之否定而形成新的模式，同時存有本身也必須在被注視的情況下，使自身的存有示現出來，如沙特所說：「作為世界的時空對象，作為一種世界上的時空處境的本質結構，我呈現在他人的判斷中。這一點我也是透過我思的純粹實施把握的：被注視，就是把自己當作不可認識的判斷，尤其是價值判斷的未知對象[20]。」存有被他人的存有注視，這一點我們自己是可以透過「我思」來把握的，被注視就是把自己當作不是自己意向活動中的「意向物」來認識，反而是對他人意向活動開放的「示現」，孟昭有否定了爭包鹽標失敗的父親，而以偏執的心態來爭包鹽標來澄明自己的存有，而這「存有」是在被他人的注視中示現的，在小說中孟昭有也請他人見證他爭包鹽標的意志：

> 「洪老爺明鏡高懸，各位兄台也請做個憑證！」
>
> 孟昭有握著短刀給四周拱拱手，連連三刀刺進小腿肚。小鑲子戳進肉裡透亮過，擰一個轉兒拔出來，做得又架式，又乾淨，似乎不是他的腿、他的肉。腿子舉起

---

[20] 沙特著，陳宣良等譯：《存在與虛無（下）》（台北：桂冠，1990 年），頁 385。

來，擔在太師椅的後背上頭，數給大家看，三刀六個眼兒，血作六行往下滴答，地上六片血窩子。

「小意思！」

孟昭有一隻腿挺立在地上，靜等著黑黑紫紫黏黏的血滴往下滴答，落在大客廳的羅底磚上。那張生就的赤紅臉脖子，一點也沒變色。在場人聽得見嗒嗒的滴答，遠處有鐵鎯頭敲擊枕木上的道釘，空裡震盪著金石聲。鐵路已經築過小鎮，快在鄰縣那邊接上軌。

孟昭有他女人送了一包頭髮灰來給他止血，被他扔掉了。羅底磚地上六片血窩子就快化成了一片[21]。

朱西甯將孟昭有所「示現」的戳刀子動作寫得相當細緻，「連連三刀刺進小腿肚」、「三刀六個眼兒」，突顯出孟昭有的決心，而孟昭有扔掉他女人送來止血的頭髮灰更是突顯孟昭有對他人示現自己「存有意義（爭包鹽標）」的意識。

在這一大段文字中，朱西甯將血滴落的聲音與火車鐵道建築的聲音並置，巧妙地將孟昭有存有的生命現象示現與象徵時間的鐵道聯繫在一起，表述出存有的生命現象是在時間流中示現的。

孟昭有在洪老爺前戳刀子時，鐵道正在鋪設，而孟昭有和沈長發在爭鬧賭喝燒紅西瓜湯似的鐵漿時，火車正要到來，在

---

[21] 朱西甯：〈鐵漿〉，《鐵漿》（台北：INK 印刻，2003 年），頁 230。

這個時間點上，鎮董洪老爺在京師大學堂的三兒子勸他：「說了你不會信，鐵路一通，你甭想還把鹽槽辦下去，有你傾家蕩產的一天，說了你也不信[22]⋯⋯」但孟昭有一方面為了走財運，一方面為了否定父親爭包鹽槽的失敗，來澄明自己的存有，小說中寫道：

> 「鎮董爺，你老可是咱們憑證。」
>
> 孟昭有長辮子纏到脖頸上。「我那個不爭氣的老爺子，捱我咒上一輩子了，我還再落到我兒子嘴巴裡嚼咕一輩子[23]？」

孟昭有又說：

> 「我姓孟的不能上輩子不如人，這輩又捱人踩在腳底下[24]。」

語言作為道示[25]，揭示出存有的思想，存有的意識透過語言和動作這兩種操之在我的符號呈現出來[26]，作為孟昭有在時間流

---

[22] 朱西甯：〈鐵漿〉，《鐵漿》（臺北：INK 印刻，2003 年），頁 235。
[23] 朱西甯：〈鐵漿〉，《鐵漿》（臺北：INK 印刻，2003 年），頁 234。
[24] 同前註。
[25] 馬丁・海德格著，孫周興譯：《走向語言之途》（臺北：時報，1993 年），頁 221。
[26] 伍至學說：「語言既是人類主動亦是操作的符號活動，同時也是心靈自我反思力量的凝聚。語言的『意義』的創生，亦思想之『反思』而已。」然而動作也是一種符的開展，透過語言和動作表現出來的意義，本質上是存有意識的表達，也就是存有為了澄明己身的存有而進行的符號活動。見伍至學：《人性與符號形式》（臺北：台灣書店，1998 年 3 月），頁 86。

中存有的意識表述是相當透徹的，除了不願相信「包下官鹽不走財運」外，否定父親而肯定自己可以爭勝包鹽槽的存有是孟昭有意欲爭勝包鹽槽的最重要因素，而孟昭有爭奪包鹽槽即是他存有的生命現象最重要的示現。

最終孟昭有在眾人的注視下，將鐵漿灌入自己嘴巴：「大家眼睜睜，眼睜睜的看著他孟昭有把鮮紅的鐵漿像是灌進沙模子一樣的灌進張大的嘴巴裡[27]。」朱西甯用相當寫實的筆法描述鐵漿灌入孟昭有的嘴巴過程：

> 那只算是極短極短的一眼，又哪裡是灌進嘴巴裡，鐵漿劈頭蓋臉澆下來，喳！一陣子黃煙裏著乳白的蒸氣衝上天際去，發出生菜投進滾油鍋裡的炸裂，那股子肉類焦燎的惡臭隨即飄散開來。大夥兒似乎都被這高熱的岩漿澆到了，驚嚇的狂叫著[28]。

用寫實細緻的筆法描寫眾人如何注視到孟昭有的死，孟昭有的死無疑是悲壯的，雖然在現象上我們看見孟昭有是以自殺的方式結束生命，但本質上卻是以這種方式來澄明自己的存有，孟昭有並不是求包鹽槽而為自己帶來財運，而是以包鹽槽來證明自己生命的存在價值，故在他喝下鐵漿以死結束生命的同時，孟昭有本身也澄明了其存在的意義。

---

[27] 朱西甯：〈鐵漿〉，《鐵漿》（臺北：INK 印刻，2003 年），頁 236。
[28] 同前註。

朱西甯巧妙地安排在孟昭有死亡的當下，火車來了，以孟
昭有的死代表傳統時間經驗的終結，孟昭有生命時間的終結：

> 人似乎聽見孟昭有一聲尖叫，幾乎像耳鳴一樣的貼
> 在耳膜上，許久許久不散。可那是火車汽笛在長鳴，響
> 亮的，長長的一聲。
>
> ……
>
> 一陣震懾人心的鐵輪聲從鎮北傳過來，急驟的捶打
> 著甚麼鐵器似的。又彷彿無數的鐵騎奔馳在結冰的凍地
> 上。烏黑烏黑的灰煙遮去半天邊，天色立刻陰下來[29]。

作者朱西甯將孟昭有的死和火車來到的時間點並置在一起，達
到相互隱喻的效果[30]，使孟昭有的死有象徵傳統時間經驗消
失，新的時間經驗開始的意涵，火車的到來則隱喻著孟昭有生
命時間的消失，喜好火車的孟憲貴主家時代的到來[31]。

綜言之，孟昭有在注視他父親爭鹽標的失敗，使他確認了
爭鹽標為他存有的意義與目標，他的生命現象在他人注視中所
開展的也是爭鹽標這件事，他以他生命現象中的死澄明了他存
有的意義與目標。

二十世紀經典中文小說評析

88

---

[29] 朱西甯：〈鐵漿〉，《鐵漿》（臺北：INK 印刻，2003 年），頁 236-237。
[30] 簡政珍說：「隱喻是基於語意的相似或相異，置喻是基於語彙的毗鄰或並置。」
簡政珍：《語言與文學空間》（臺北：漢光，1989 年），頁 27。
[31] 朱西甯：〈鐵漿〉，《鐵漿》（臺北：INK 印刻，2003 年），頁 232。

孟憲貴的生命注視與開展

孟憲貴是孟昭有的兒子，小說中一開始即以鴉片煙鬼子孟憲貴在大雪天死於東嶽廟做為開場，在他人的注視下，孟昭有的軀體：

> 僵硬的軀體扳不直，就那樣蜷曲著，被翻過來，懶惰的由著人扯他，抬他，帶著故意裝睡的神情，取笑誰似的。人睡熟的時候也會那樣半張著口，半闔著眼睛[32]。

作者帶主觀情感地去描述孟昭有的遺體像「懶惰的由著人扯他」、「帶著故意裝睡的神情，取笑誰似的」似由在場旁觀者的語氣來形容孟憲貴的人格特質，雖然只是冷凍僵硬的軀體描寫，朱西甯藉此描述了孟憲貴的人格特質也描述了孟憲貴最後幾年的生活：

> 一隻僵直的手臂伸到狗皮外邊，劃在踏硬的雪路上，被起伏的雪塊擋住，又彈回來，擋住又彈回來，不斷的那樣劃動，屬於甚麼手藝上一種單調的動作。孟憲貴一輩子可沒有動手做過甚麼手藝，人只能想到這人在世的最後這幾年，總是這樣歪在廟堂廊簷下燒泡子的景，直

---

[32] 同前註，頁 224。

到場大雪之前還是那樣，腦袋枕著一塊黑磚，也不怕槓得慌[33]。

屍體被拖著走時，藉著屍體手臂的單調動作描寫孟憲貴在世最後幾年都在吸鴉片，我們在小說一開始看到了一個「鴉片煙鬼子」冷清悲慘的死法，然後敘事時間拉回到過去，小說轉而敘述孟憲貴的父親孟昭有的流氣、義氣的激昂生命表現，前後反差凸顯了父子的差異，小說再度描寫到孟憲貴是孟憲貴注視到父親戳刀子的血慘慘畫面，孟昭有注視其父親無能爭包鹽而使他生命現象慷慨、激昂，然而孟憲貴注視其父親孟昭有慷慨激昂的血腥場景，卻使他懦弱：

> 白白瘦瘦的細高挑兒，身上總像少長兩根骨頭，站在哪兒非找個靠首不可。走道兒三掉彎，小旦出台走的是個甚麼身段，他就是那個樣子，創業守業都不是那塊料。他老子拚成這樣血慘慘的，早就把他嚇得躲到十里外的姥姥家[34]。

孟憲貴的身形、樣貌都顯現出他的人格特質、生命形象，而他意向到父親孟昭有的血腥動作時，我們看到孟憲貴所開展的生命現象是無比懦弱的逃避。

---

[33] 朱西甯：〈鐵漿〉，《鐵漿》（臺北：INK 印刻，2003 年），頁 225。
[34] 同前註，頁 232。

孟憲貴除了懦弱的個人特質外，對於鐵道火車有種莫名的喜愛：

> 　　鐵路已經鋪到姥姥姥那邊，孟憲貴整天趕著看熱鬧似的跟前，跟後，總也看不厭。多冷的天氣多寒的風，也礙不著他。鐵路接通的日子，第一列火車掛著龍旗和彩紅。一節節的車廂，人從沒見過這樣裝著鐵轂轆的漂亮小房屋，一幢連一幢，飛快的奔來，又飛快的奔去。天上正落著雪，火車雪裡來，雪裡去，留下一股低低的灰煙，留下神奇和威風，人那些恐懼和惱恨似乎有些兒消散了，留給孟憲貴一種說不出的空落，問著自己這一生有否坐火車的命。
>
> 　　於是孟憲貴發下誓願，這輩子非要坐一趟火車不可的當口，家裡來了人，冒著風雪跑來報喪，他爹到底把一條性命拼上了。趕回奔喪，一路上坐在東倒西歪的騾車裡，哭一陣，想一陣。過過年，官鹽槽就是他繼承，坐火車的心願真的就該如願了[35]。

相對於傳統的小鎮鎮民，孟憲貴是很容易接受新的事物，但他注視著火車「飛快的奔來，又飛快的奔去」的失落感，正如同他父親孟昭有注視著父親爭奪包鹽槽失敗的失落感，因此孟憲

---

[35] 同前註。

貴「問著自己這一生有否坐火車的命」，坐火車成了孟憲貴生命存有的一個目標，也許這個目標太小了，孟憲貴的父親過世，孟憲貴想到他繼承承包官鹽槽的富貴，「坐火車的心願真的就該如願了」，相對於父親孟昭有努力犧牲生命才證明了自己的存在意義，顯然孟憲貴一下子就達到目標。

孟憲貴本身是懦弱的，或者我們從他的死狀也可以看出他的生命現象的開展是無能的、好逸惡勞的，但他仍不失是一本質忠厚之人：

> 鹽槽抓在孟家手裡，半年下來淨落進三千兩銀子，這算
> 是頂頂忠厚的辦官鹽。頭一年年底一結帳，淨賺七千六
> 百兩。孟憲貴置地又蓋樓，討進媳婦又納丫嬛，大煙跟
> 著也抽上了癮[36]。

小說的敘述者根據孟憲貴掌管鹽槽的利潤說「這算是頂頂忠厚的辦官鹽」，而孟憲貴置地、蓋樓等，則是很平常富貴人家的行為，但在時間流中包鹽槽帶來大筆富貴，也讓孟憲貴因此破產：

> 到第二年，鹽商的鹽包裝上火車了，經過小鎮不停站。
> 這一年淨賠一頃多田[37]。

---

[36] 同前註，頁237。
[37] 同前註，頁238。

在此我們可以看見孟憲貴由富貴轉衰敗的生命現象並非他個人的生命特質所造成，而是他處於時間流中的際遇性使他由富貴轉衰敗，孟憲貴的人格特質讓他不像父親孟昭有一樣努力去爭取富貴，在時間流中所表現出來的生命現象就只能隨著時間流變化而變遷。

在小說的最後，朱西甯描寫出孟憲貴在綿延中最終面對死亡的時間經驗：

> 五年過去了，十年二十年也過去了，鐵道旁深深的雪地裡停放著一口澆上石灰水的白棺[38]。

朱西甯簡略的筆法交代了孟憲貴生命現象的時間性，曾經大富大貴過，也曾經衰敗墮落到經年在東嶽廟抽鴉片，而總結成一副「鐵道旁深深的雪地裡停放著一口澆上石灰水的白棺」，作者特地以鐵道旁作為百放棺木的背景，有兩個意義：

一、鐵道在小說中象徵時間流中的時間經驗的時間徵象[39]。

二、搭火車是孟憲貴「這輩子的願望」，鐵道象徵孟憲貴存有的意義與價值。

---

[38] 同前註。

[39] 「鐵道」在小說中是一客觀的時間素材。如胡塞爾所說：「時間素材，如果我們願意的話，也可以稱為時間徵象，不是時間本身。客觀的時間屬於經驗對象的關係。」鐵道本身不代表時間，但卻是時間的象徵，是屬於主體意識對經驗（素材）對象所產生的時間經驗。見胡塞爾：〈內在時間意識的現象學講座〉，倪梁康編：《胡塞爾選集（上）》（上海：上海三聯書局，1997年11月），頁544。

據上表，鐵道對孟憲貴開展了時間性以及存有意義性的價值，鐵道的徵象突顯出生命的時間性以及孟憲貴的生存意義，但孟憲貴的生命現象最終化為一副未上漆的棺材[40]，也就是死亡，但相較於孟昭有生命現象所示現的死亡是死於炙熱鐵漿的轟轟烈烈，孟憲貴以未上漆的白木棺材作為其生命現象的表徵是貧窮且無價值的死亡。

結語：時間流中生命的示現以及際遇性問題

　　我們從〈鐵漿〉中對鐵道火車的分析，可以明確地看見鐵道火車在小說中是如胡塞爾所說的「時間素材」或「時間徵象」。鐵道火車為「時間素材」表現了線性的時間流以及帶來新的時間經驗，並在時間流中使小鎮鎮民以歷時性的意向活動來認識火車所帶來的時間經驗，火車的時間素材並且貫穿孟昭有、孟憲貴父子以及小鎮鎮民的生命現象，成為其時間經驗的一部份。

　　而我們以小說主要人物孟昭有、孟憲貴父子作為主要討論對象，看見他們的存有在生命現象中所示現出來的存有意義，而針對所謂存有的意義，陳榮華指出：「在存在的時間中，時態的三個性相早已超出它們自己，而又互相統一，海德格認為，

---

[40] 小說中言上漆的棺材比較貴，身無財產的孟憲貴只能用靠地方上給湊合的薄棺木：「薄薄的棺材沒有上漆。大約上一層漆的價錢，又可以打一口同樣的棺材。」見朱西甯：〈鐵漿〉，《鐵漿》（臺北：INK 印刻，2003 年），頁 225。

要在這種存在的時間中，才能正確瞭解存有的意義[41]。」也就是說存有要在時間流中對過去的回憶、對當下的感知以及對未來的前瞻都能夠掌握，在這存在的時間中才能理解到存有本身的意義，當然我們不能肯定何者才是「正確」的瞭解，但我們可以肯定在〈鐵漿〉小說中，孟憲貴並沒有在時間流中掌握到存有的意義，因為我們在小說的表述中並沒有看到他對於未來的前瞻，他對自己於時間流中的位置並沒有特意去掌握與理解。

但何以我們在小說中會看見孟昭有、孟憲貴兩人截然不同的個性呢？正如我們前言所說：「存有在注視中（對他人的意向行為中）奠基存有，在被注視中透過身體開展存有。」孟昭有、孟憲貴在不同際遇性的人際場域位置，造成他們存有成為不同意識的意向主體，我們可以以下表 3 表示：

表 3

人物	人際場域位置以及小說中其具代表性的意向（意識注視）的活動	據此所產生的心理意識
孟昭有	意向到父親爭包鹽槽的失敗，認識到父親的無能	奮不顧身地犧牲生命搶下包鹽槽的標，藉以澄明自己的存有意義
孟憲貴	意識到父親爭奪鹽槽的血腥	懦弱逃離

---

[41] 陳榮華：《海德格《存有與時間》闡釋》（臺北：台大出版中心，2003 年），頁 39。

我們藉由以上兩個人物的意向活動以及據此意向活動產生的心理意識，可以理解到人是在其際遇性的人際場域位置中[42]，透過對他人的意向行為作為自我存有的奠基，透過對他人的注視修正、肯定或否定他人的言行示現，來形成自我存有的心態模式，同時也透過自我生命現象的示現，使自我在他人的注視下澄明本己的存有，如他人注視到孟憲貴是「煙鬼子」，還有孟昭有為了鹽標血慘慘戳刀子的畫面以及孟昭有痛飲鐵漿的悲壯場面，透過這些注視（他人的意向行為），使自我的本己生命現象以及存有能對他人示現出來藉以澄明本己的存有。

　　我們要注意的是「透過對他人的意向行為作為自我存有的奠基」的過程本身是歷時性的活動，也就是在時間中掌握存有本身的意識和心態模式，但是對他人的示現卻是當下性的活動，例如孟昭有戳刀子或飲鐵漿都是當下性瞬時的示現。綜言之，人類的存有奠基於時間流中際遇性的人際場域位置對他者的意向活動，而藉由本己生命現象對他人開展，本篇論文以朱西甯小說〈鐵漿〉中鐵道火車的時間性以及孟昭有、孟憲貴父子的生命現象作為生命現象在時間經驗中的論述基礎，雖然小說只是表述呈現文本的故事和人物，但小說是人的故事，人的經驗以及人的意識所構成的文本世界，其中的角色皆具有清晰澄明的人類經驗和意識的建構，而物或背景物的安排也能確實

---

[42] 陳榮華說：「人的存有是有際遇性，故人總是有際遇的，不同的際遇讓他有不同的感受……由於際遇性是人的存在的基本結構，因此它是人的存在性徵。」見陳榮華：《海德格《存有與時間》闡釋》（臺北：台大出版中心，2003年），頁165。

反映人對真實世界的觀感，而且更加巧妙（如鐵道火車在〈鐵漿〉這篇小說中的安排位置，巧妙地帶出時間感和不同的時間經驗，或作為不同時間象徵的素材），因此我們在閱讀小說的同時，不僅是瞭解這篇小說，瞭解這篇小說的故事，而且是在理解人，理解我們的真實世界，透過我們對於朱西甯〈鐵漿〉這篇小說的討論，冀希已經能更明晰人的存有意識以及存有本己在時間流中所展開的生命現象與生命活動。

參考書目

一、近人論著

朱西甯（2003）：〈鐵漿〉，《鐵漿》，臺北：INK 印刻。

李清筠（2000）：《時空情境中的自我影像》，臺北：文津。

柯慶明（1977）：〈論朱西甯的一本短篇小說集：鐵漿〉，《境界的再生》，臺北：幼獅。

陳榮華（2003）：《海德格《存有與時間》闡釋》，臺北：台大出版中心。

伍至學（1998）：《人性與符號形式》，臺北：台灣書店。

簡政珍（1989）：《語言與文學空間》，臺北：漢光。

王建元（1984）：〈現象學的時間觀與中國山水詩〉，鄭樹森編：《現象學與文學批評》，臺北：三民。

二、譯著

畢普塞維克著，廖仁義譯（1911）：《胡賽爾與現象學》，臺北：桂冠。

柏格森著，吳士棟譯（2007）：《時間與自由意志》，北京：商務印書館。

德穆‧莫倫著，蔡錚雲譯（2005）：《現象學導論》，臺北：桂冠。

馬丁‧海德格著，孫周興譯（1993）：《走向語言之途》，臺北：
　　時報。

馬丁‧海德格著，王慶節、陳嘉映譯（1994）：《存在與時間》，
　　臺北：桂冠。

胡塞爾：〈內在時間意識的現象學講座〉，倪梁康編：《胡塞爾
　　選集（上）》（1997）上海：上海三聯書局。

沙特著，陳宣良等譯（1990）：《存在與虛無（下）》台北：
　　桂冠。

三、期刊論文

班瀾：〈論中國古代詩歌的時性時空〉收錄於《內蒙古社會科
　　學（漢文版）》，總第 123 期，第 5 期（2000 年 9 月），
　　頁 70。

夏春祥：〈論時間——人文及社會研究過程之探討〉，《思與言》，
　　第 37 卷第 1 期（1999 年 3 月），頁 47。

夏春祥：〈論時間——人文及社會研究過程之探討〉，《思與言》，
　　第 37 卷第 1 期（1999 年 3 月），頁 47。

汪天文：〈時間概念的哲學透視〉，《江西社會科學》（哲學研究），
　　第 6 期（2003 年），頁 24。

被注視的符號：論黃春明〈兒子的大玩偶〉中「奇特裝扮」的現象

摘要

　　黃春明〈兒子的大玩偶〉是一篇具有鄉土寫實風格的短篇小說，小說以一名為了生計而去做「奇特裝扮」的男人坤樹為主角，而坤樹的「奇特裝扮」所代表的身體圖式在家庭與社會的人際場域中因位置的差異而被「他者」在意向活動中被視為符號以不同的詮釋意義充實，故符號的意義產生並非單方面由符號的所指所構成，而是如現象學所說的，意義是由一種意向性活動所產生，換言之，意義是意向主體對意向客體（符號）所意向的意識給予出來的，然而身體是可見者也是能見者，當小說主角坤樹的「奇特裝扮」作為符號向他者示現的同時，坤樹也以「奇特裝扮」作為感知的位置意向注視他人的反映；本論文即以坤樹工作時的「奇特裝扮」所形成的身體符號作為討論中心，外延自家庭、社會場域對坤樹身體圖式的「奇特裝扮」的感知，透過坤樹工作時「奇特裝扮」所引發的現象澄明黃春明這篇〈兒子的大玩偶〉可以看見的現象：人際場域中，人際間是透過符號去詮釋對方，同時自我也透過自我的符號去詮釋他者的現象。

前言：人際場域與符號的示現

　　黃春明〈兒子的大玩偶〉是一篇具有鄉土寫實風格的短篇小說，小說以一名為了生計而去扮演奇特模樣廣告人的男人為主角，寫出他一身廣告的裝扮角色在他人的注視下種種反映以及意識思維，這篇小說寫實地刻畫出鄉土人物的活動與情思，如同姚一葦所說的：「我們說這篇小說是寫實的。不僅是外在的寫實，而且包涵著內心的真實[1]。」黃春明深刻描述主角坤樹的意識，透過在時間裡的意識流反映出坤樹在奇特裝扮底下面對家庭與社會的人際場域中的種種認知，突顯出坤樹在奇特裝扮面具下的悲涼與無奈。

　　在這篇小說中，作為「廣告的」（Sandwich-man）的裝扮角色，是一個身體符號，這個符號的意指是吸引人注意到其所宣傳廣告的內容，但當奇特的廣告裝扮成為坤樹的身體符號時，這為戲院作宣傳廣告的裝扮就成了坤樹的「身體圖式」，馮雷說：「身體圖式是一種表示我的身體在世界上的存在的方式。身體不像其他事物那樣在空間之中，身體既不在空間之內，又不在空間之外包圍空間。這樣的身體不是一個消極的物體，而是能動地在世界中活動，在世界中落腳，在世界中給自己方向，並賦予世界以意義。梅洛──龐蒂把這種現象學意義上的身體稱為『身體──主體』[2]。」也就是原本坤樹所偽裝的裝

---

[1]　姚一葦：〈論黃春明的「兒子的大玩偶」〉，《現代文學》，1972 年 11 月，第 48 期，頁 12。

[2]　馮雷：《理解空間：現代空間觀念的批判與重構》，北京：中央編譯出版社，2008 年 5 月，頁 52。

扮在被注視下成為坤樹的身體在世界上存在的方式，說的更精確一點則是坤樹在工作時的奇特裝扮成為坤樹的「身體圖式」對自己以及其他人展開，坤樹以「奇特裝扮」的圖式讓他人認識自己，也用「奇特裝扮」的身體圖式詮釋世界中的自我和他人，這篇小說的特色在於全知的第三人稱視角下不斷以括號的內文表述坤樹以自我的身體圖式為中心詮釋他人，詮釋過去時間中的自我，確立了「身體──主體」的身體圖式在人際場域中存有的同時也是處於「過去──當下──未來」的時間流中，具有場域位置的差異性，本論文即以坤樹工作時的「奇特裝扮」所形成的身體符號作為討論中心，外延自家庭、社會場域對坤樹身體圖式的「奇特裝扮」的感知，透過坤樹工作時「奇特裝扮」所引發的現象澄明黃春明這篇〈兒子的大玩偶〉可以看見的現象：人際場域中，人際間是透過符號去詮釋對方，同時自我也透過自我的符號去詮釋他者的現象。

坤樹自我對「奇特裝扮」的身體符碼的現象認知

小說一開始描寫坤樹的奇特裝扮才透過坤樹的意識回憶找到這份工作的來龍去脈，故姚一葦說：「這篇小說表現為：一方面是現在進行的事件，另一方面是過去的倒轉，過去記憶的出現的二重手法。換句話說，亦即包涵著他現在身體的活動，以及他心靈的湖動的揉合形式[3]。」坤樹「奇特裝扮」雖是當下

---

[3] 姚一葦：〈論黃春明的「兒子的大玩偶」〉，《現代文學》，1972 年 11 月，第 48 期，頁 8。

進行的事件，但存有當下時間的經驗是奠基於過去時間的體驗[4]，小說以當下身體圖式的示現和當下身體的感知以及回憶，表述出坤樹對當下身體圖式的認知，我們可以以下表（表1）表示：

表 1

	意識感知	當下身體圖式的示現
當下意識感知	累倒是累多了，能多要到幾個錢，總比不累好。他一直安慰著自己[5]。 近前光晃晃的柏油路面，熱得實在看不到什麼了[6]。	一身從頭到腳都很怪異的，仿十九世紀歐洲軍官模樣打扮的坤樹……臉上的粉墨，叫汗水給沖得像一尊逐漸熔化的臘像，塞在鼻孔的小髭子，吸滿了汗水，逼得他不得不張著嘴巴呼吸，頭頂上圓筒高帽的羽毛，倒是顯得涼快地飄顫著[7]。
小說最初當下，坤樹對奇特裝扮「回憶」的感知	（為這件活兒他媽的！我把生平最興奮的情緒都付給了它[8]。）	

4　如張堯均說：「身體——主體作為在世界上的存在，它處在一個知覺場中。這個知覺場同時也是一個時間場，它以當下知覺到的事物為現在，圍繞著它的則是滯留的過去和前攝的將來的雙重視域。」存有以「身體——主體」在世界上存在，它是在一個知覺場中，這個知覺場同時也是「綿延」的，故張堯均說也是一個時間場，在當下知覺的同時，也知覺到「滯留的過去」和「前攝的未來」，故當下的知覺本身可說奠基於對過去的「滯留印象」以及對未來的「前攝」。見張堯均：〈時間性與主體的命運——從時間為度看主體的嬗變〉，《江蘇社會科學》，2004 年第 1 期，頁 94-95。衣沙爾更指出：「每個個別的形象都是在過去的形象所形成的背景上挺現的，由此得到它在整個連續系列中的位置，並展露出它初建時不顯的意義。」從這段話更能證明每個存有都是奠基於過去時間而在當下時間中彰顯出來。見衣沙爾：〈閱讀過程中的被動綜合〉，鄭樹森編：《現象學與文學批評》（臺北：三民，1984 年），頁 103。
5　黃春明：〈兒子的大玩偶〉，《兒子的大玩偶》（台北：聯合文學，2009 年 5 月），頁 11。
6　黃春明：〈兒子的大玩偶〉，《兒子的大玩偶》，頁 12。
7　黃春明：〈兒子的大玩偶〉，《兒子的大玩偶》，頁 11。
8　黃春明：〈兒子的大玩偶〉，《兒子的大玩偶》，頁 12。

就故事當下坤樹的「身體圖式」而言，身體透過裝扮形成怪異的表象示現出來[9]，黃春明刻意寫出了這種裝扮的辛苦處，一是汗水沖開臉上的粉末，二是塞在鼻孔的小鬍子不便呼吸，並用圓筒高帽的羽毛被風吹的涼快樣貌來反襯坤樹的苦熱，坤樹覺得自己的「奇特裝扮」是可笑的[10]，但黃春明更強調坤樹的悶熱與累的辛苦感知，不過透過坤樹的回憶，我們卻見坤樹「我把生平最興奮的情緒都付給了」這一份「活兒」，除了苦熱與累的辛苦，這「奇特裝扮」的工作帶給坤樹的還有一種寂寞孤獨感，小說中言：

> 想是坤樹唯一能打發時間的辦法，不然，從天亮到夜晚，小鎮裡所有的大街小巷，那得走上幾十趟，每天同樣的繞圈子，如此的時間，真是漫長的怕人。寂寞與孤獨自然而然地叫他去做腦子裡的活動；對於未來的很少去想像，縱使有的話，也是幾天以後的現實問題，除此之外，大半都是過去的回憶，以及以現在的想法去批判[11]。

黃春明強調了坤樹對於這份「奇特裝扮」廣告人在當下時間中工作的無聊，也就是意識主體在同樣小鎮的街道上不斷重複進

---

[9]　然這怪異的身體圖式是因為身體被「拋入」在當下小鎮的人際場域才顯得怪異，因為這活兒叫做「廣告的」，故刻意突顯出身體的怪異圖式在小鎮的人際場域中引起注視。

[10]　「對這種活兒愈想愈覺得可笑，如果別人不笑話他，他自己也要笑的；」見黃春明：〈兒子的大玩偶〉，《兒子的大玩偶》，頁12。

[11]　黃春明：〈兒子的大玩偶〉，《兒子的大玩偶》，頁15。

行相同的意向活動[12]，重複的意向活動已經不能滿足主體意義充實的需求，故意向主體覺得寂寞和孤獨的無聊感，僅能對過去和未來進行反思，如姚一葦所說：「這個走在烈日下的坤樹。當然，他的腦筋不會是一片空白。他同樣產生了意識的流動。這種意識的流動，一般現象係流動於現在，過去與未來之間。所謂「未來」，多半是指願望。如我想要什麼，我將要做什麼，當然都表現為未來的形式。說得更明一點，亦即此種流轉係現在的某一個情境引起，而觸發對過去的連想和引發對未來的願望。也就是說這種意識的流動，是流轉於現在進行的事件、過去的記憶與未來的願望之間[13]。」也就是說在當下時間的意識流中，坤樹放棄了當下的感知（因為當下感知是重複的、無法再度意義充實的意向行為），而對為何自己被拋入當下「在世」的位置進行反思，並且對未來進行前瞻，但小說中寫到坤樹「對於未來的很少去想像，縱使有的話，也是幾天以後的現實問題」，據此，我們可以說坤樹對於這身「奇特裝扮」所形成的身體符號或這身體符號在小鎮中的人際場域產生的意義沒有任何想法[14]，他對於這「奇特裝扮」在時間流中的未來時間也

---

12 莫倫指出胡塞爾對「意向」、「意向活動」的定義是「意識內容指被意識到的東西，而意識行為是活動性質，是指意識所特有的運作模式。」見德穆・莫倫著，蔡錚雲譯：《現象學導論》（台北：桂冠，2005 年）頁 157。

13 姚一葦：〈論黃春明的「兒子的大玩偶」〉，《現代文學》，1972 年 11 月，第 48 期，頁 7。

14 或者他的想法只是：「累倒是累多了，能多要到幾個錢，總比不累好。」見黃春明：〈兒子的大玩偶〉，《兒子的大玩偶》（台北：聯合文學，2009 年 5 月），頁 11。

沒有期待，故「很少去想像」，他大多時候的想法，是在回憶中對於過去時間以及當下的批判，例如對大伯或對妻子阿珠的想法[15]，以及自我的反省來充實本身在當下時間點的意義或反思自我在當下的存有，如胡塞爾所說：「過去意向必然是通過對直觀再造之聯繫的製作來充實自身。對過去事件的再造在其有效性方面（在內意識中）只允許證實回憶的不確定性，並且允許通過一個再造的轉變來進行完善，在這個再造中，所有的成份都具有再造的特徵[16]。」也就是回憶並不是單純的去意向過去的事情，而是在意識直觀中再造一個對過去時間聯繫的事件來充實自身，通過回憶的思考再造一個意義充實的意向行為來充實存有自身，這個過程除了滿足坤樹在「奇特裝扮」身體符號示現的工作無聊感外，也透過回憶的再造充實自身，使自我在時間流確定自己的存有並且如胡塞爾所說「進行完善」地改善、修正或充實自己當下的意識思維，例如：

記得小時候，不知道那裡來的巡迴電影。對了，是教會的，就在教會的門口，和阿星他們爬到相思樹上看的。其中就有這樣打扮著廣告的人的鏡頭；一群小孩子纏繞著他。那印象給我們小孩太深刻了，日後我們還打扮成類似的模樣做遊戲，想不到長大了卻成了事實。太可笑了[17]。

---

[15] 後文詳敘。

[16] 埃德蒙德‧胡塞爾著，倪梁康、張廷國譯：《生活世界現象學》（上海：譯文出版，2002年6月），頁110。

[17] 黃春明：〈兒子的大玩偶〉，《兒子的大玩偶》，頁33。

坤樹透過回憶重現過去看見廣告人的視域，並和自己奇特裝扮的廣告人相比較，而得到了「太可笑」的意義充實。

根據上文的討論，我們可以整理出坤樹對於自我「奇特裝扮」的身體符號示現的廣告人工作，所獲得的純粹自我身體圖式的認知，可以下表（表2）表示：

表2

意向感知的時間	對於「奇特裝扮」的廣告人工作的認知內容
當下時間感知	累，苦熱
經回憶而再造於當下的感知	從幹這活兒開始的那一天，他就後悔得急著想另找一樣活兒幹。對這種活兒愈想愈覺得可笑，如果別人不笑話他，他自己也要笑。（小時候廣告人）……那印象給我們小孩太深刻了，日後我們還打扮成類似的模樣做遊戲，想不到長大了卻成了事實。太可笑了。

（表2）可看出坤樹對於自己「奇特裝扮」感知的時間性，但我們要注意的是對於「奇特裝扮」可笑的想法出自於兩個原因，第一個原因是因為工作內容本身可笑，當然我們可以說工作內容包含其身體圖式的「奇特裝扮」，但顯然坤樹更在意的是「這活兒」的可笑，第二個原因是在過去經驗中經驗的廣告人「奇特裝扮」變成在當下時間經驗中自己的「奇特裝扮」，也就是說坤樹本身所感知到的是廣告人「這活兒」的苦熱和累，或者對於廣告人工作的奇特現象感到可笑，反而對於「奇特裝扮」的身體符號本身缺乏意向活動的詮釋，一方面坤樹沒辦法

不透過鏡子才看到自己「奇特裝扮」的身體符號，另一方面則受迫於現實使坤樹在當下時間中接受了這樣的身體符號，只有在抽離出當下時間的意識思維活動中，他才會認知「奇特裝扮」工作的可笑，更進一步地說明，坤樹是對於「奇特裝扮」工作現象的可笑，而非「奇特裝扮」本身的可笑，換言之，坤樹因為現實經濟的關係，本質上已經接受了這樣的打扮，只是在現象上對身體的苦熱和累以及工作本身抱持著枯燥和可笑的不滿。

在家庭場域中對「奇特裝扮」的感知現象

坤樹因為經濟緣故接受了「奇特裝扮」的樂宮戲院廣告人工作，他的妻子也因為坤樹找到了工作喜極而泣，小說中描寫了一段他們夫妻吵架的情節，坤樹要妻子阿珠準備一套夏天穿的廣告人服裝，但阿珠不肯，坤樹於是負氣不吃早餐、午餐地出門工作，阿珠擔心坤樹，白天到好幾戶人家幫忙洗衣服，但每次洗完衣服都先回家看坤樹有沒有回家吃飯、喝茶，並且在街道上奔走尋找坤樹的身影：

> 她穿過市場、她沿著鬧區的街道奔走，兩隻焦灼的眼，一直索尋到盡頭，她什麼都沒發現。她腦子裡忙亂的判斷著可能尋找到他的路。最後終於在往鎮公所的民權路上，遠遠的看到坤樹高高地舉在頭頂上的廣告牌，她高

興地再往前跑了一段，坤樹的整個背影都收入她的眼裡
了。她斜放左肩，讓阿龍的頭和她的臉相貼在一起說：
「阿龍，你看！爸爸在那裡。」她指著坤樹的手和她講
話的聲音一樣，不能公然地而帶有某種自卑的畏縮[18]。

在此我們看見阿珠看到「奇特裝扮」的坤樹時，在本質上她是
高興的，但黃春明細心地描寫出相較於高興情緒的另一面，
「指著坤樹的手和她講話的聲音一樣，不能公然地而帶有某種
自卑的畏縮」，情緒是帶有領會的現身情態[19]，阿珠高興和自
卑的心態都來自於對坤樹形象的領會，高興是因為見到丈夫坤
樹，自卑的情緒則因為丈夫坤樹的「奇特裝扮」，阿珠領會到
廣告人「奇特裝扮」在他人眼中是可笑的，但由於他們是夫妻
關係，同樣為了家庭經濟努力，因此阿珠並不覺得坤樹廣告人
「奇特裝扮」是可笑的，黃春明巧妙地利用夫妻吵架，妻子阿
珠對丈夫坤樹的關心而表述出阿珠對於坤樹「奇特裝扮」的注
視，與其說阿珠對於坤樹「奇特裝扮」的注視，不如說阿珠對
於「奇特裝扮」辛苦工作的坤樹的注視：

---

[18] 黃春明：〈兒子的大玩偶〉，《兒子的大玩偶》，頁22。
[19] 海德格說：「現身情態是『此』之在活動於其中的生存論結構之一。領會同
現身一樣源始地構成此之在。現身向來有其領悟，即使現身抑制著領悟。領
會總是帶有情緒的領會。既然我們把帶有情緒的領會闡釋為基本的生存論環
節那也就表明我們把這種現象理解為此在存在的基本樣式。」阿珠在此的「現
身情態」就是因丈夫奇特裝扮而帶著羞恥情緒的領會。見馬丁·海德格著，
王慶節、陳嘉映譯：《存在與時間》（台北：桂冠，1994年8月），頁199。

於是，她只好保持一段距離，默默地且傷心的跟著坤樹。這條路走過那一條路，這條巷子轉到另一條巷子，沿途她還責備自己，說昨晚根本就不該頂嘴，害得他今天這麼辛苦，兩頓飯沒吃，茶水也沒喝，在這樣的大熱天不斷的走路……。她流著淚，走幾步路，總得牽背巾頭擦拭一下[20]。

在這一段我們看到阿珠所注視的，並不是坤樹「特殊裝扮」的表象，而是坤樹在大熱天下勞累和苦熱的感受，阿珠和坤樹一樣是注重坤樹本身身為「人」的身體所感受到的熱與累，而不是表面「奇特裝扮」的身體符號，但是阿珠也意識到這「奇特裝扮」廣告人在為他人所嘲笑因而自卑，因此當阿珠得知金池想將三輪車頂讓給坤樹作為生財工具時，她是興奮、快樂的[21]。

相較坤樹和阿珠用理性、經濟的視角注視「奇特裝扮」的廣告人工作，他們的兒子阿龍因為還小，什麼也不懂，因此純粹喜歡父親坤樹的奇特裝扮，小說中藉著阿珠之口說：

「鬼咧！你以為阿龍真正喜歡你嗎？這孩子以為真的有你現在的這樣一個人哪！」
「你早上出門，不是他睡覺，就是我背出去洗衣服。醒著的時候，大半的時間你都打扮好這般模樣，晚上你回來他又睡了。」

---

[20] 黃春明：〈兒子的大玩偶〉，《兒子的大玩偶》，頁 24。
[21] 黃春明：〈兒子的大玩偶〉，《兒子的大玩偶》，頁 34。

「他喜歡你這般打扮做鬼臉，那還用說。你是他的大
　玩偶[22]。」

阿龍是喜歡坤樹「奇特裝扮」的身體符號，他喜歡的是「符號
本身」──這般打扮做鬼臉，而不是坤樹，也不全然是因為坤
樹是他父親的關係[23]，在坤樹一家人中，只有阿龍是純粹去認
知「奇特裝扮」所產生的身體符號並且喜愛的。

　　阿龍在家庭場域中是以晚輩幼兒的位置喜愛「奇特裝扮」身
體符號所帶來的玩偶效果，而身為家族長輩，坤樹的大伯仔，與
阿龍這幼兒的場域位置處於截然不同的地位，坤樹的大伯仔強烈
反對坤樹這份以「奇特裝扮」身體符號作為示現的廣告人工作：

　　　還有什麼可說的！難道沒有別的活兒幹啦？我就不相
　　信，敢做牛還怕沒有犁拖？我話給你說在前頭，你要現
　　世給我滾到別地方去！不要在這裡污穢人家的地頭。你
　　不聽話到時候不要說這一個大伯仔反臉不認人[24]！

因為大伯仔終究不是與同屬於一個家庭的成員，因此他難以理
解家庭經濟的重擔以及坤樹的苦楚，大伯仔純粹以他者的身份

---

[22] 黃春明：〈兒子的大玩偶〉，《兒子的大玩偶》，頁 28。

[23] 姚一葦說這是因為阿龍把「打扮做鬼臉」的面具當做父親的本來面目，應該
　　是有可議的，因為坤樹雖然身為父親，但早上出門與阿龍見不到面，晚上回
　　來阿龍也睡了，在這樣的相處模式下，阿龍這樣年紀的小孩不可能有「父親」
　　的概念，而僅是喜好或厭惡的現身情態而已。見姚一葦：〈論黃春明的「兒
　　子的大玩偶」〉，《現代文學》，1972 年 11 月，第 48 期，頁 16-17。

[24] 黃春明：〈兒子的大玩偶〉，《兒子的大玩偶》，頁 13。

感知坤樹「奇特裝扮」身體符號的可笑，並用在家族場域中長輩的位置單方面要求坤樹改變，也就是說大伯仔純粹領會到「奇特裝扮」身體符號的可笑，但他並沒有認知到作為身體圖式的坤樹「主體──身體」的苦楚，但他在人際場域的位置又比小鎮上的他人更為親近做為身體圖式的坤樹；然而大伯仔透過語言的表述，提出否定坤樹在作為廣告人「特殊裝扮」身體符號的道示，在本質上並沒有脫離家人的位置，因為坤樹和阿珠也都知道廣告人「特殊裝扮」是可笑的，在他人注視下「不能公然地而帶有某種自卑的畏縮」，但坤樹和阿珠對於廣告人「特殊裝扮」身體符號的認識卻被現實經濟環境所迫而忽視了，而這一點讓坤樹的大伯仔以親人的身份提出來，這也是小說中對於廣告人「特殊裝扮」身體符號最直接的詮釋意見。

在社會場域中對「奇特裝扮」的幾種反映

小說透過作者建構的社會表述人性，所謂社會可說是人際場域的活動關係，透過關係網絡的意向行為（基本上視覺的注視具有優先性），反映出具人性思維情感的內容而被表述出來，因此蔡英俊說：「掌握具體的關係網絡，並且透過具體的關係網絡來呈示作家對人性的深刻洞視，這是小說家的要務[25]。」社會場域中的關係網路雖然相較於家庭場域的關係更

---

[25] 蔡英俊：〈窺伺與羞辱──論七等生小說中的兩性關係〉，《文星》，1987 年 12 月，第 114 期，頁 123。

加疏離，但人的存有在主體際性的前提下亦是在社會存有[26]，存有的意識是奠基於自身以及在世對他者、他物的意向活動，也就是存有的意識無法脫離對社會場域的反映而單獨存在[27]，故畢普塞維克說：「所謂自我意識（self-consciousness），完全不能和社會意識（social consci-ousness）劃分開來[28]。」在〈兒子的大玩偶〉這篇小說中，主角坤樹的工作內容是在小鎮上的大街小巷行走，工作無疑充滿社會性，而小說以坤樹的意識為表述的中心，當坤樹注視到社會「他者」時，他的自我意識也就被社會化，而「他者」透過注視意向到坤樹「奇特裝扮」的身體符號，同樣也產生了對坤樹「奇特裝扮」身體符號的意義充實，簡而敘之，就是社會上的人際網絡透過彼此接觸的意向活動而使自我的意識產生新的意義充實，雖然在家庭的人際場域中也有如此現象，但遠不如社會的人際場域那樣多元複雜，但我們必須注意的在社會場域中的角色對於表象的注重遠大於本質，如吳曉所說：「表象是人們對客觀外務最基本、

---

[26] 蔡錚雲解釋「主體際性」說：「人與世界並非兩個獨立分離的單元，而是構成『情狀』的兩個基本條件。透過『自我』與『周遭世界』不斷的實際經驗，『情狀』被拓展為一層層具有『時間性』（temporality）的『界域』（horizon）。而這每一層『界域』的展現，不僅是『自我』因著與「周遭世界」的實際經驗所擴展的，『周遭世界』亦因此呈顯出新的『情狀』來。這麼一來，只具有無限的「時間性」的經驗本身，便成為一個具有無限『歷史性』（historicity）的「生活世界」（Leibenswelt）。在這『生活世界』之中，各個『自我』亦結合成一種『主體際性』（intersubjectivity）。」見蔡錚雲：〈現象學總論（上篇）〉，《鵝湖月刊》，第 1 卷第 4 期，1975 年 10 月，頁 47。

[27] 換言之，在存有的意識中，一定有「我」和「他者」的關係結構。

[28] 畢普塞維克著，廖仁義譯：《胡塞爾與現象學》（台北，桂冠，1991 年），頁 160。

最初步的感知，它隨著人的認識活動的深化而深化[29]。」也就是說在〈兒子的大玩偶〉中，在社會場域的人們僅是最初步的感知到坤樹的「奇特裝扮」符號表象，並不會更深入理解坤樹這個人，故不會有如坤樹或阿珠任知道這身「奇特裝扮」所帶來的苦熱和累或者更深入的種種意涵，這也是在家庭場域中和社會場域中對於坤樹「奇特裝扮」的身體符號理解的差異性。

〈兒子的大玩偶〉小說中所描寫坤樹以「奇特裝扮」走過妓女們居住的花街，描寫坤樹與妓女們對應的情景：

> 「呀！廣告的來了！」圍在零食攤裡面的一個妓女叫了出來。其餘的人紛紛轉過臉來，看著坤樹頭頂上的那一塊廣告牌子。
>
> 他機械地走近零食攤。
>
> 「喂！樂宮演什麼啊？」有一位妓女等廣告的走過她們的身邊時間。
>
> 他機械地走過去。
>
> 「你發了什麼神經病，這個人向來都不講話的。」有人對著向坤樹問話的那個妓女這樣地笑她。
>
> 「他是不是啞吧？」妓女們談著。
>
> 「誰知道他？」
>
> 「也沒看他笑過，那副臉永遠都是那麼死死的。」

---

[29] 吳曉：《詩歌與人生：意象符號與情感空間》，台北：書林，民 84 年 3 月，頁 11。

他才離開她們沒有幾步，她們的話他都聽在心裡。

　　「喂，廣告的，來呀！我等你。」有一個妓女的吆喝向他追過來，在笑聲中有人說：

　　「如果他真的來了不把你嚇死才怪。」

　　他走遠了。還聽到那一個妓女又一句挑撥的吆喝。在巷尾，他笑了。

　　要的，要是我有了錢我一定要。我要找仙樂那一家剛才依在門旁發呆的那一個，他這樣想著[30]。

　　我們看妓女們對於坤樹廣告人「奇特裝扮」身體符號相當有興趣（僅於廣告人「奇特裝扮」的表象），但妓女找坤樹問話時，坤樹機械的走過去，不理睬妓女，但坤樹並不是對妓女沒有興趣，引文最後以坤樹的意識表白：「要是我有了錢我一定要。我要找仙樂那一家剛才依在門旁發呆的那一個，他這樣想著。」可見坤樹對妓女是有興趣的，但坤樹不願用「奇特裝扮」的身體符號與妓女接觸，換言之，坤樹認為「奇特裝扮」的身體符號是在妓女面前是羞恥的，這一大段文字也顯現出坤樹並不是樂於這種打扮的廣告人工作，他只是受迫於經濟因素不得已從事這種工作，故當妓女問他「樂宮在演什麼啊？」他沒有回應機械地走過去；小說中表述出坤樹對這件工作的想法：「反正幹這種活。引起人注意和被疏落，對坤樹同樣是一件苦惱[31]。」

[30] 黃春明：〈兒子的大玩偶〉，《兒子的大玩偶》，頁16。
[31] 黃春明：〈兒子的大玩偶〉，《兒子的大玩偶》，頁18。

但坤樹這邊所揭示的苦惱實際上是只針對如妓女、路人等成年人而言，因為在社會場域中原本對等的主體際性關係，因為坤樹和大伯仔等人都對此「奇特裝扮」的身體符號詮釋成可笑的、現世的[32]，故坤樹不願用此身體符號去與他人接觸，但對於路旁玩的小孩，坤樹又是不同的態度：

> 一群在路旁玩上的小孩，放棄他們的遊戲，嘻嘻哈哈地向他這邊跑來，他們和他保持警戒的距離跟著他走，有的在他的前面，面向著他倒退著走。在阿龍還沒有出生以前，街童的纏繞曾經引起他的氣惱。但是現在不然了，對小孩他還會向他們做做鬼臉，這不但小孩子高興，無意中他也得到了莫大的愉快。每次逗著阿龍笑的時候，都可以得到這種感覺[33]。

坤樹「奇特裝扮」的身體符號——在小孩子眼中表現出有趣、嬉鬧的現身情態，坤樹對小孩這種情緒本來是氣惱的，但後來阿龍出生以後，坤樹奠基於父親的角色也對社會場域所見到的小孩友善，在社會場域中的小孩和坤樹都可以在這個「奇特裝扮」的身體符號上得到快樂——「這不但小孩子高興，無意中他也得到了莫大的愉快」。

---

[32] 黃春明：〈兒子的大玩偶〉，《兒子的大玩偶》，頁 12-14。

[33] 黃春明：〈兒子的大玩偶〉，《兒子的大玩偶》，頁 27。

所以如建章、葉舒憲所說：「意義是符號使用者和解釋者之間據以對符號的指涉進行編碼和解釋的一種既定的秩序[34]。」在〈兒子的大玩偶〉小說中「特殊裝扮」的身體符號，在相同使用者和不同解釋者之間所被編碼和詮釋出來的意義也就不相同，而介於成年人和小孩之間年紀的中學生，對於坤樹的身體符號又是不同解釋的現象：

> 中學生放學了，至少他們比一般人好奇，他們讀看廣告牌的片名，有的拿電影當著話題，甚至於有人對他說：「有什麼用？教官又不讓我們看！」他不能明白他的意思，但是他很愉快，看到每一個中學生的書包，漲得鼓鼓的，心裡由衷的敬佩[35]。

小說裡中學生的反映表現出坤樹或戲院老闆所希望現象，他們好奇讀著廣告牌的片名，而不是注視坤樹「奇特裝扮」的身體圖式，正確地解讀坤樹或戲院老闆所希望「奇特裝扮」的身體符號所傳達的意指，對此坤樹是愉快的，而且坤樹本身沒有讀過書，在社會人際場域中，他對於讀書的中學生是由衷敬佩[36]，在這個基礎上，坤樹以「奇特裝扮」的圖式與注視他身體符號的中學生在彼此認知的意向行為上合理地表現出坤樹的愉快感。

---

[34] 俞建章、葉舒憲：《符號：語言與藝術》，台北：久大，1990 年 5 月，頁 225。

[35] 黃春明：〈兒子的大玩偶〉，《兒子的大玩偶》，頁 30。

[36] 黃春明：〈兒子的大玩偶〉，《兒子的大玩偶》，頁 30。

結語:「奇特裝扮」的身體符號在被注視下的差異解讀

人的存有是透過身體注視自己的在世,以及被別人注視的,故克羅德・勒佛說:「我的身體既是能見者(voyant)又是可見者(visible)。身體凝視萬事萬物的同時,也能凝視自己,並在它所見之中,認出能見能力的『另一面』[37]。」在〈兒子的大玩偶〉中,坤樹他以「奇特裝扮」的身體圖式展現在自己和他人面前,形成一個引人注意的符號,在別人注視他的身體符號時,他也在注視別人的反映而反映,雖然是相同的「奇特裝扮」的身體符號,在不同場域位置上的詮釋者卻會有不同的意義,可見以下列表:

表 3

「奇特裝扮」的詮釋者	對「奇特裝扮」所詮釋的感知意義	坤樹的反映
坤樹	累,苦熱,可笑	
阿珠(坤樹的妻子)	累,苦熱	不知
阿龍(坤樹的兒子,年紀極小)	大玩偶	高興;以為阿龍喜歡的是父親,而不是「奇特裝扮」。
大伯仔	現世(丟臉)	反駁
妓女	令人注目的;機械地走;是不是啞巴?	冷漠
小孩	嘻嘻哈哈地向他這邊跑來	起初氣惱,之後會扮鬼臉逗小孩笑。
中學生	比一般人好奇;會讀坤樹「奇特裝扮」上的電影廣告片名。	很愉快

---

[37] 克羅德・勒佛(Claude Lefort)著:〈序〉收錄於梅洛龐蒂(Maurice Merleau-Ponty)著,龔卓軍譯:《眼與心》(台北:典藏藝術家庭,2007 年 10 月),頁 81。

從上表（表3）的分析，我們可以看見不同詮釋者對於相同符號會有不同的認知意義，也就是符號的意義充實在本質上是來自於認知符號的主體而非符號本身，羅伯特・R・馬格廖拉就指出：「胡塞爾一再強調：意義絕非產生自意向性對象方面，更不可等同於意向性對象。恰恰相反，意義是一種意向性活動……[38]。」符號意義的產生是一種意向活動，意義的充實是意向主體指涉符號的意義充實，而非符號本身的意義充實，故依照意向主體的場域位置以及本身的意識對相同的符號會有不同的詮釋意涵，而且場域的位置也會影響意向主體的意識，如同蔡煌源所說：「自我的顯性大多是由外在世界的某些成規認取而來的：在塑造自我的時候，個人將他的意識投注於外在世界，往往會把外在世界的反光當做了自己的顏色。也就是說，決定個人外在行為的因素不正他個人而已；一個人的外在行為多半是受環境和他人引導的[39]。」存有的意向主體自我會受在外在世界場域的影響，例如坤樹以他的「奇特裝扮」在阿珠、阿龍面前或在妓女、中學生面前所展開的意識表現就不同，可見人的意識會受到場域位置以及他人的引導，而在這種身體符號的「可見者」與「能見者」相互影響的過程中，身體符號的示現仍是坤樹對「他者」重要的示現管道，藉由〈兒子的大玩偶〉這篇小說我們可以理解到，在人際場域中，我們可

---

[38] 羅伯特・R・馬格廖拉著、周正泰譯：《現象學與文學理論》（台北：結構出版群，1989年5月），頁3。

[39] 蔡源煌：〈小人物的面具——試論黃春明小說中的表意衝突〉，《中華文化復興月刊》，1977年9月，第10卷第9期，頁35。

以透過身體符號（對方「主體──身體」的身體圖式）理解對方和詮釋對方，這樣表象的詮釋和理解會因場域的位置差異而有所差異，但這卻是最基礎的認知方式，同時自我也因自我的身體符號去詮釋他者對我的反映，如同坤樹在「奇特裝扮」的身體圖式下去詮釋妓女、小孩和中學生對自己的心態或看法，因此存有主體建構一個能夠讓別人正確理解和以自己恰當的身體符號來詮釋他人對自己反映的現象，是相當重要的[40]。

---

[40] 如〈兒子的大玩偶〉小說的最末，坤樹因為不必打扮成玩偶的「奇特裝扮」，反而兒子阿龍「他人」認不出來，坤樹因此想要取出粉塊，重新將自己「奇特裝扮」的身體符號建構起來讓阿龍認識。黃春明：〈兒子的大玩偶〉，《兒子的大玩偶》，頁38。

參考文獻

衣沙爾（民 73），「閱讀過程中的被動綜合」，鄭樹森編，「現象學與文學批評」，三民。

吳曉（民 84），「詩歌與人生：意象符號與情感空間」，書林。

俞建章、葉舒憲（民 79），「符號：語言與藝術」，久大。

倪梁康（民 96），「意識的向度：以胡塞爾為軸心的現象學問題研究」，北京大學出版社。

馮雷（民 97），「理解空間：現代空間觀念的批判與重構」，中央編譯出版社。

皮埃爾·布迪厄（Pierre Bourdieu）、華康德（L. D. Wacquant）著，李猛、李康譯（民 87），「實踐與反思－反思社會學導引」，中央編譯局出版社。

埃德蒙德·胡塞爾著，倪梁康、張廷國譯（民 91），「生活世界現象學」，上海譯文出版。

馬丁·海德格著，王慶節、陳嘉映譯（民 83），「存在與時間」，桂冠。

黃春明：（民 98）「兒子的大玩偶」，聯合文學

梅洛龐蒂（Maurice Merlcau-Ponty）著，龔卓軍譯（民 96），「眼與心」，典藏藝術家庭。

畢普塞維克著，廖仁義譯（民 80），「胡塞爾與現象學」，桂冠。

德穆·莫倫著，蔡錚雲譯（民 94），「現象學導論」，桂冠。

羅伯特・R・馬格廖拉著、周正泰譯（民 78），「現象學與文學理論」，結構出版群。

姚一葦（民 61），『論黃春明的「兒子的大玩偶」』，現代文學，第 48 期。

張堯均（民 93），「時間性與主體的命運——從時間為度看主體的嬗變」，江蘇社會科學，第 1 期。

蔡英俊（民 76），「窺伺與羞辱——論七等生小說中的兩性關係」，文星，第 114 期。

蔡源煌（民 66），「小人物的面具——試論黃春明小說中的表意衝突」，中華文化復興月刊，9 月第 10 卷第 9 期。

蔡錚雲（民 64），「現象學總論（上篇）」，鵝湖月刊，第 1 卷第 4 期。

焦慮的視角：論郁達夫〈沉淪〉中存有的意識表述

摘要

　　郁達夫的〈沉淪〉同時也是他第一本小說集的書名，這篇小說是郁達夫最著名的作品，也是其最受爭議的作品，作者以病態、抑鬱、孤獨、挫折且焦慮的視角以「陌生化」異於常人的方式進行表述，來詮釋小說主角的思維與主體存有空間，使郁達夫的小說充滿對世界表述的鮮明意識，而這種鮮明意識就是病態、抑鬱的焦慮美學，是郁達夫透過小說文字對世界的詮釋和意識表述；〈沉淪〉這篇小說也是奠基於郁達夫這種孤獨、病態的意識表述，讓我們從主角存有中看見小說主角透過病態、挫折與焦慮的視角去遭遇「一切事物、他人以及自己的那一個『環境』」，本論文即據此去析論小說主角「在世存有」所遭遇的「空間」意識與人際關係的表述。

前言：孤獨、病態的意識表述

　　郁達夫的〈沉淪〉同時也是他第一本小說集的書名，這篇小說是郁達夫最著名的作品，也是其最受爭議的作品，因此〈沉

淪〉這篇小說幾乎可以說是郁達夫小說的代稱。〈沉淪〉小說中最受爭議的地方就是內容所表現出來對情慾感官的刺激與發洩，紀俊龍即說：

> 〈沉倫〉的小說主角也是第三人稱的「他」，陳述著「他」在留學日本的時期的孤單情緒與苦悶心理，其苦悶最大的來源，當然是對於愛情／性慾的追求不及。[1]

小說刻意以第三人稱視角保持「超然而冷靜」的敘述角度來關注「他」苦悶、抑鬱和壓制、發洩慾望與挫折種種沉重的心理，選擇第三人稱超然的視角適度的使在描寫主角苦悶、抑鬱的情緒時，敘事不會全面向病態、苦悶的情感陰暗面傾斜，而使小說敘事僅於苦悶、性慾與挫折的發洩[2]，因此郁達夫有技巧地使用第三人稱視角，拉開讀者主體與小說人物主角客體的審美距離[3]，透過保持距離的視角讓我們避開小說人物情緒、性慾發洩意識活動的干擾，能更深入理解作者意欲表述的文本結構。

---

[1] 紀俊龍：〈郁達夫《沉淪》的愛情意涵〉，《弘光人文社會學報》，第 4 期，2006 年 5 月，頁 57。

[2] 王孝廉亦指出：「性慾的追求和官能的發洩與挫折，才是郁達夫沉倫的主題。」見王孝廉：〈沉倫與流轉──三十歲以前郁達夫的色、慾與性〉，《聯合文學》，第 6 卷第 10 期，1990 年 8 月，頁 127。

[3] 戚廷貴說：「所謂『審美距離』是指審美主體與審美客體在空煙、時間和心理上存在的間隔。有了這種審美的距離，審美主體才會有藝術的眼光，排除實用功利、科學價值等外部幹擾，步入藝術的欣賞勝地。」見戚廷貴：《美學原理》（長春：東北師範大學出版社，2006 年），頁 396。

作者郁達夫擅長描寫孤僻、病態的小說人物，以此類小說人物的視角作為「注視」並表述此小說世界的奠基，如蔡振念所說：

> 評論者言及郁達夫的小說時，總會注意到他作品裡所表
> 現出來的孤獨、頹廢、病態的傾向，換言之，郁氏小說
> 有一種以病態為美的頹廢美學，這種病態美學的藝術手
> 法，在當時被認為是中國文學上的先鋒，在傳統小說中
> 是少有的。[4]

孤獨、孤僻的主角性格[5]，頹廢、病態的人物心理，為郁達夫
小說中人物的特色，除了如蔡振念所言是「以病態為美的頹廢
美學」外，本質上，孤獨、孤僻使小說人物對自我及對世界能
進行更深入的意識意向活動，如 Philip koch 在《孤獨》一書
中，曾對「孤獨」作如此的分析：

> 孤獨不是一種情緒，……它是一種開放的心理狀態，容
> 得下任何種類的情緒。[6]

---

[4] 蔡振念：〈郁達夫小說中的病態美學〉，《文與哲》，第 7 期，2005 年 12 月，頁 319。

[5] 馬森認為郁達夫小說人物的個性以及孤僻性格，與現代主義小說人物的「孤絕」相似，他說：「郁達夫作品中所呈現的個性解放以及人物的孤僻性，跟一般現代主義小說中人物孤絕的狀況如出一轍。」見馬森：〈從寫實主義到現代主義：論郁達夫小說的傳承地位〉，《成功大學學報‧人文社會版》，第 32 卷，1997 年 11 月，頁 38。

[6] Philip koch 著，梁永安譯《孤獨》（台北：立緒文化，1998 年）頁 47。

因為孤獨只是一種超越、脫離人際結構的單獨結構，故它能對各種「他者」開放，以開放的心理狀態，實際上孤獨是對人群的疏離，對「他者」的疏離陌生，可以說是非正常的「陌生化」視角，對於「陌生化」，張冰指出：

> 陌生化是藝術的一般特徵。如果要用一句話來概括它的性質的話，那就是對現實和自然進行創造性的變形，使之異於常態方式出現於作品中。在這樣做的時候，陌生化的一個最突出的效果，是能夠打破人們的接受定式，還人們以藝術表現方式的新鮮感，讓人們充分地感受和體驗作品的每一個細部。[7]

病態、頹廢的敘事書寫，使視角異於常態的陌生化，從超乎尋常的視角來表述文本人物眼中的世界，打破人原本習以為常的觀念，從一個新鮮的視角來闡述文本人物所「周遭」的世界，而讀者對於陌生、新鮮的視角所構築成的世界，也能夠更充分的感受和體驗作品的每一個細節[8]，張冰更說明「陌生化」在小說中的功用：

---

[7] 張冰：《陌生化詩學：俄國形式主義研究》（北京：北京師範大學出版社，2001年11月），頁85。

[8] 沈芳芳也指出：「陌生化理論認為藝術描述要重新感受藝術描述的物件，對於一個熟悉的事物，我們要放棄之前習慣的意識，而使要像對待陌生物那樣，像第一次見面那樣去感覺。」透過病態、焦慮的視角來感受文本人物所感受的世界，使原本我們習以為常的世界，第一次被病態、焦慮的目光所詮釋，讀者亦像第一次認識小說中所描繪的世界似的，以全新的眼光來感覺。見沈芳芳：《梅洛龐蒂身體美學初探》，浙江大學文藝學碩士論文，2007年，頁16。

> 陌生化在小說詩學方面的主要旨趣在於：加大作品的密
> 度和可感性基質，增強作品的可感性。[9]

郁達夫透過病態、抑鬱、孤獨、挫折且焦慮的視角以「陌生化」
異於常人的方式進行表述，來詮釋文本人物的思維與主體存有
空間，使郁達夫的小說充滿對世界表述的鮮明意識，而這種鮮
明意識就是病態、抑鬱的焦慮美學，是郁達夫透過小說文字對
世界的詮釋和意識表述；〈沉淪〉這篇小說也是奠基於郁達夫
這種孤獨、病態的意識表述，讓我們從主角存有中看見小說主
角透過病態、挫折與焦慮的視角去遭遇「一切事物、他人以及
自己的那一個『環境』[10]」，本論文即以小說中的敘事視角去
析論小說主角「在世存有」所遭遇的「空間」意識與人際關係
的表述。

存有的意識意向性行為與特徵

　　〈沉淪〉這篇小說環繞著主角「他」進行敘述，小說總是
透過「他」的意識來意識自我、來意識其他人事物以及時空，

9　張冰：《陌生化詩學：俄國形式主義研究》，北京：北京師範大學出版社，2000
　　年11月，頁241。

10　本論文引用海德格對「存有」的觀念。畢普塞維克說：「依照海德格的說法，
　　人的『在世存有』是指他在其中遭遇一切事物、他人與自己的那一個『環境』
　　（milieu）中他自己的存有。在這個『環境』（即，他自己的『棲息所』）
　　中，人能夠瞭解他自己，也能夠不瞭解他自己。」見畢普塞維克（Edo Pivceic）
　　著，廖仁義譯：《胡賽爾與現象學》（台北：久大，1991年），頁198-199。

因此小說在闡明主角的意識活動和思想作為小說敘事的奠基是相當重要的，在小說的第一節，就是表述出主角「他」的意識與思想特徵，我們從〈沉淪〉的第一句話：「他近來覺得孤冷得可憐。[11]」就是主角「他」對自我的意向性行為[12]，這是「他」對自我存有的直觀感受，一種孤單清冷的感覺[13]，小說中進一步闡述這種感覺何來：

> 他的早熟的性情，竟把他擠到與世人絕不相容的境地去，世人與他的中間介在那一道屏障，愈築愈高了。[14]

我們可以據此得知，「他」覺得孤冷的感覺，是由於他在人際間的隔閡。作者雖然以第三人稱的觀察者角度敘事，但時時參與了主角「他」的情感，參與主角同情、惋惜、感傷的情緒，但我們從敘事中體驗到主角面對空間、環境的意向性行為相當

---

[11] 郁達夫：〈沉淪〉，郁達夫：《沉淪·春風沉醉的夜晚》（上海：復旦大學出版社，2005 年 5 月），頁 1。

[12] 所謂「意向性行為」可參考王岳川的說法：「英伽登與老師（胡塞爾）就作先驗現象學中心問題的『意向性』進行過多次討論，進而認為意向性是意識的本質屬性，它構成了主客體之間的界直，正是意向性使『意識的本質和對象本質呈現出來』。」見王川岳：《現象學與解釋學文論》（山東：山東教育出版社，2001 年 7 月），頁 49。

[13] 「孤冷」應意指「孤獨清冷」，而「孤冷」也是小說主角的表述主旋律，方環海、沈玲指出：「孤獨感確實不應該是生命中的主旋律，太多的孤獨只能意味著社會存在關係之網的破碎。」正可證明小說主角「他」在社會人際結構中是被抽離、破碎的，是一種被陌生化的心理狀態，這也是〈沉淪〉小說中焦慮、病態視角的奠基。見方環海、沈玲：〈依賴心理與鄭愁予詩歌的孤獨感研究〉，《臺灣詩學學刊》，臺灣詩學季刊雜誌社，第 7 期，2006 年 5 月，293。

[14] 郁達夫：〈沉淪〉，郁達夫：《沉淪·春風沉醉的夜晚》，頁 1。

敏感，容易受感動，而作者不僅於情緒的表述，更利用環境、情景空間來烘托出主角的性格特徵：

> 他已經離開了書，同作夢似的向有犬吠聲的地方看去，但看見了一叢雜樹，幾處人家，同魚鱗似的屋瓦，有一層薄薄的蜃氣樓，同輕紗似的，在那裡飄蕩。
>
> 「Oh, you serenegossamer! You beautiful gossamer!」
>
> 這樣叫一聲，他的眼睛就湧出了兩行清淚來，他自己也不知道是甚麼緣故[15]

我們有從此情節可以看見主角心思細膩、情感脆弱了一面，透過對情景意向行為就能感動落淚，更突顯出主角易感傷的特質；環境空間最能烘托出小說人物的性格特徵[16]，因此作者盡可能地透過具體空間景象的描述，表述出主角如此敏銳而不同於他人的意識，作者進一步表述：

> 他看看四周，覺得周圍的草木，都在那裡對他微笑。看看蒼空，覺得悠久無窮的大自然，微微的在那裡點頭。一動也不動的向天看了一會，他覺得天空中，有一群小

---

[15] 郁達夫：〈沉淪〉，郁達夫：《沉淪‧春風沉醉的夜晚》，頁 1。

[16] 蔡麗雲更以為：「為小說人物所創造的環境又決定著人物性格的形成和命運的演變。因此，從不同的角度與層面襯托人物，變成為環境描寫的基本功能之一。」見蔡麗雲：〈初探小說中的情節與環境〉，張健主編：《小說理論與作品評析》（台北：文津，2003 年），頁 9。

天神，背後插著了翅膀，間上掛著了弓箭，在那裡跳舞，
他覺得樂極了。[17]

此段文字透過主角對自然空間的親近，表露出「他」細膩、主
觀的意識表現，實際上主角是因為與人隔閡，才將將自然空間
擬人化，並與自己建立關係，如雷可夫指出「擬人化」是人類
自身動機的延伸，用人類的術語使事物具有意義。[18]主角透過
自然物的擬人化，企圖使自我與自然空間建構出足以替代人際
結構的場域[19]，主角表述：

> 這裡就是你的避難所。世間的一般庸人都在那裡嫉妒你，
> 輕笑你，愚弄你；只有這大自然，這終古常新的蒼空皎
> 日，這晚夏的微風，這初秋的清氣，還是你的朋友，還
> 是你的慈母，還是你的情人，你也不必再到那些輕薄的

---

[17] 郁達夫：〈沉淪〉，郁達夫：《沉淪‧春風沉醉的夜晚》，頁 2。

[18] 雷可夫（George Lakoff）、詹森（Mark Johnson）著，周世箴譯：《我們賴以
生存的譬喻》（台北：聯經，2006 年），頁 61。

[19] 關於「場域」的定義，布迪厄、華康德指出：「一個場可以被定義為在各
種位置之間存在的客觀關係的一個網絡（network），或一個構型
（configuration）。正是在這些位置的存在和它們強加於特定位置的行動者
或機構之上的決定性因素中，這些位置得到客觀的界定，其根據是這些位置
在不同類型的權力（或資本）——佔有這些權力就意味著把持了在這一場域
中屬害攸關的專門利潤（specificprofit）的得益權——的分配結構中實際的
和潛在的處境，以及他們與其他位置之間的客觀關係（支配關係、屈從關係、
結構上的對應關係，等等）。」見皮埃爾‧布迪厄（Pierre Bourdieu）、華康
德（L. D. Wacquant）著，李猛、李康譯：《實踐與反思－反思社會學導引》
（北京：中央編譯局出版社，1999 年），頁 134。

> 男女共處去，你就在這大自然的懷抱裡，這純樸的鄉間
> 終老了吧。[20]

由主角的話，更使主角想透過大自然的擬人化，逃避人際關係與人事相處的企圖不證自明，在此大自然並不是真正主角意識所讚美、歌頌的對象，僅是主角逃避人事的避難所，而且從主角的自語，我們可以發覺主角想像受到「庸人們」的嫉妒、輕笑、愚弄的病態妄想；作者從「他近來覺得孤冷得可憐。」這小說的第一句開始，一步一步地引導讀者深入主角病態、焦慮的意識，具體地領會主角脆弱的情緒和被迫害妄想的悲哀，然而作者作者又具體細緻地描寫主角的閱讀習慣：

> ……看了這一節之後，他又忽然翻過一張來，脫頭脫腦地看到呐第三節去……這也是他近來的一種習慣，看書的時候，並沒有次序的。……他每一被那一本書感動，恨不得要一口氣把那一本書吞下肚子裡去的樣子，到讀了三頁四頁之後，他又生起一種憐惜的心來。他心裡似乎說：「像這樣的奇書，不應該一口氣就把它唸完，要留著細細兒咀嚼才好……。」[21]

從主角閱讀習慣的表述，可讓我們發現主角思緒是混亂的、無次序的，換句話說，主角混亂、無次序的思維意識表現在他的

20　郁達夫：〈沉淪〉，郁達夫：《沉淪‧春風沉醉的夜晚》，頁2。
21　郁達夫：〈沉淪〉，郁達夫：《沉淪‧春風沉醉的夜晚》，頁2。

閱讀習慣上，而一下子意欲將書一口氣讀完，隨後又否定這樣的閱讀企圖，這種閱讀習慣，其實就是主角不斷地自我否定，對自我沒有認同感，隨後主角試圖把所讀的詩翻譯成中國文，隨即又自罵：「……英國詩是英國詩，中國詩是中國詩，又何必譯來對去呢！[22]」也是不斷在否定自己的意識意向性行為，不斷地否定自我、否定他者，正是〈沉淪〉這篇小說中焦慮的泉源，而這種對「在世」及「在世存有」的不斷地否定，也讓我們看見了他的病態──〈沉淪〉第二節一開始的表述：「他的憂鬱症愈鬧愈甚了[23]」。

空間場域中的人際結構

　　作者在為主角作空間結構的表述時，也注意表現出主角與人際結構、性慾的關係，如描寫主角選擇學校時：「預科卒業之後，他聽說 N 市的高等學校是最新的，並且 N 市是日本產美人的地方，所以他就要求到 N 市的高等學校去。[24]」，因此主角是在兩性關係的渴望的前提下，選擇了「N 市的高等學校」的空間，然而在 N 市的高等學校裡此一空間，主角仍和他者處不好：

> 他上學校去的時候，覺得他的日本同學都似在那裡排斥他。他的幾個中國同學，也許久不去尋訪了，因為去尋

22　郁達夫：〈沉淪〉，郁達夫：《沉淪・春風沉醉的夜晚》，頁 4-5。
23　郁達夫：〈沉淪〉，郁達夫：《沉淪・春風沉醉的夜晚》，頁 5。
24　郁達夫：〈沉淪〉，郁達夫：《沉淪・春風沉醉的夜晚》，頁 12。

訪了回來，他心裡反覺得空虛……中國留學生開會的時
候，他當然不去出席的。因此他同他的幾個同胞，竟宛
然成了兩家仇敵。[25]

人在時空中存有，在時空中「成為他自己」，並且與他人建立
人際關係的認識結構[26]，存有在人際關係構成中「相互歸屬、
相互引發的方式上構成了自己，贏得了自己的存在方式。[27]」
而主角雖然渴望人際關係更具體地渴望「性慾式」的關係，但
他因否定自我[28]，進而拒絕對學校裡的人際結構中的他者開
放，失去了交友的機會，以致「孤冷得幾乎到將死的地步」。
　　主角的存有被拒絕於學校空間的人際結構，而在主角的居
所，他的棲居地空間，有另一個人際關係場域，「一個主人的
女兒，可以牽引他的心[29]」：

　　　　他心裡雖然非常愛她，然而她送飯來或替他鋪被的時候，
　　　　他總裝出一種兀不可犯的樣子來。他心裡雖然想對她說

25　郁達夫：〈沉淪〉，郁達夫：《沉淪・春風沉醉的夜晚》，頁 12。
26　人的存有必定是在時空中存有的「在世存有」，時空是人身為「在世存有」
　　的奠基，時空條件因此也是人存有的條件，而時空包括時間的綿延與物的廣
　　袤，還包括人際間「互為主體」的認識結構。
27　戴海青：《海德格爾生態倫理思想研究》，南京師範大學倫理學碩士論文，2007
　　年，頁 27。
28　在交友過程，可以看出主角常自悔尋訪錯了，自悔失言……，這種反覆的感
　　覺，可看出主角不斷質疑、否定自我，這種現象，也使人際關係難以維持。
　　見郁達夫：〈沉淪〉，郁達夫：《沉淪・春風沉醉的夜晚》，頁 18。
29　郁達夫：〈沉淪〉，郁達夫：《沉淪・春風沉醉的夜晚》，頁 18。主角對主人
　　的女兒的態度，是對性慾式人際關係的追求，後文將再敘。

幾句話，然而一見了她，他總不能開口。她進他房裡的時候，他的呼吸竟急促到吐氣不出的地步。他在她的面前實在是受苦不起了，所以近來她進他的房裡來的時後，他每不得不跑出房外去。[30]

為何主角雖然心裡雖然非常愛她，他總是裝出一種兀不可犯的樣子？本質上，主角這種情態是對她（他者）羞恥、焦慮的表現，沙特說：

> 在任何注視中，都有一個對象——他人作為我的知覺領域中具體的和或然的在場的顯現，而且，由於這個他人的某些態度，我決定我自己透過羞恥、焦慮等把握我的「被注視的存在」。[31]

他人在「在場的顯現」中，注視著「我」，而我可以從「自身意向他人的態度」的立場去定義我的「被注視的存在」；主角正是因為不斷自我的否定，以為自己在他人的在場的顯現中，是不被肯定的在場，主角決定透過「羞恥、焦慮等把握我的『被注視的存在』」，主角「裝出一種兀不可犯的樣子來」抗拒自我這種「羞恥、焦慮」的「被注視的存在」立場，但是終究是失敗的，故主角逃離「棲居地」空間以躲避「她」的注視，郁

二十世紀經典中文小說評析

1
3
4

30　郁達夫：〈沉淪〉，郁達夫：《沉淪・春風沉醉的夜晚》，頁18。
31　沙特著、陳宣良等譯：《存在與虛無（下）》（台北：久大，1990年），頁404。

達夫在「棲居地」的旅館空間，很細膩地描寫主角的孤冷感和積極地躲避「她」的注視那種情境：

> 回家來坐了一會，他覺得那空曠的二層樓上，只有他一個人在家。靜悄悄地坐了半晌，坐得不耐煩起來的時候，他又想跑出外面去。然而要跑出外面去，不得不由主人的房門口經過，因為主人和他女兒的房，就在大門的邊上。他記得剛才進來的時候，主人和她的女兒正在那裡吃飯。他一想到經過她面前的時候的苦楚，就把跑出外面的心思丟了。[32]

透過意向到「空曠的二層樓上，只有他一個人在家」的狀況，主角將外形式空間的廣袤內化意識到自身的孤獨感，因此想「跑到外面去」，藉由「空間的移動」，改造自己在時空中所處的境域[33]，但因為主角「焦慮[34]」主人的女兒的注視，因此即

---

[32] 郁達夫：〈沉淪〉，郁達夫：《沉淪‧春風沉醉的夜晚》，頁 19。

[33] 空間對人來說，從來不是單純客觀的空間，而是含有存有結構的空間，在人「注視」或「體驗」的空間下，被注視、體驗到的空間總是人「棲居地」，是人「安身立命的場所」，因此人透過對空間的「改造」和「移動」來使自己在時空中獲得更好的「場所」。當然我們對空間的改造（建築或裝潢、布置）和「移動」（旅行、流亡、遊覽等）大多時候都受限於現實客觀條件，如小說主角此刻僅想稍微跑出去。

[34] 這邊言「焦慮」而不言「恐懼」，是依沙特的定義；沙特說：「恐懼是對超越的東西的不假思索的領會，而焦慮則是對自我的反思的領會。」小說此處明顯是主角對自我存有的反思否定，而不願再度從「他者」的注視下把握自己羞恥、焦慮的存有。沙特著，陳宣良等譯：《存在與虛無（上）》（台北：久大，1990 年 1 月），頁 67。

使意欲想改變自己在空間場域中的位置，最終還是放棄了，作者細膩地描寫這一段很平常的暗戀的苦悶，就是要讓讀者深刻體會到主角深受被注視的「焦慮」的那種苦楚。

雖然主角害怕「被注視」，卻渴望去注視女性身體，他一有機會熱切地偷窺主人的女兒洗澡：

> 呼氣也不呼，仔仔細細的看了一會，他面上的筋肉，都發起痙攣來了。愈看愈顯得厲害，他那發顫的前額竟同玻璃窗衝擊了一下。[35]

但主角也因為偷窺女體被發現，而引發了罪惡感的焦慮，主角一直幻想女體的主人前來追究，幻想「他者」知道：

> 他聽見她的腳步聲好像是走上樓的樣子。用被包著了頭，他心理的耳朵明明告訴他：「她已經立在門外了。」[36]

作者在此處特別強調「他心理的耳朵」，代表「她」來追究偷窺的情事並非真實，只是出自於主角焦慮的想像，而如此焦慮的想像再三地出現，「他」焦慮地以為「她」將偷窺的事告訴父親，隔天一早趁旅館主人和女兒尚未起床前，逃出旅館遇到

---

[35] 郁達夫：〈沉淪〉，郁達夫：《沉淪‧春風沉醉的夜晚》，頁 20。
[36] 郁達夫：〈沉淪〉，郁達夫：《沉淪‧春風沉醉的夜晚》，頁 20。

一個問候他的農夫，亦焦慮的以為對方知道了他的窘事[37]，主角「他」逃脫了那個旅館，代表他受不了在旅館空間場域中焦慮的想像以及受不了自我「透過焦慮、羞恥把握『自我的存在』」，因此主角逃出那個旅館，透過「移動」改變了自己的「場域」，也由此逃離了「旅館」中的人際結構與他者的注視。

人類透過「移動」來改善自己「安身立命的場所」，主角同樣透過「移動」想改善自己存有的場域，他尋找到一處冷靜、較無人際關係結構的處所[38]，透過主角和此處所的園主人對話，可看見主角亟欲求脫離原有旅館空間場域的結構，而尋求一內心寧靜的空間：

> 「你們學校裡的學生，已經有幾次搬來過了，大約都因為冷靜不過，住不上十天，就搬走的。」
>
> 「我可同別人不同，你但能租給我，我是不怕冷靜的。」
>
> 「這樣哪裡有不租的道理，你想甚麼時候搬來？」
>
> 「就是今天午後吧。[39]」

此處僅節錄主角和園主人的部分對話，〈沉淪〉裡的主角和園主人的對話，是小說中主角對「他者」最全面、完整的對話[40]，

---

37 郁達夫：〈沉淪〉，郁達夫：《沉淪‧春風沉醉的夜晚》，頁 20-21。

38 這處所在離學校相當遠的山頂平地，在生長著梅樹的林子間的一間平屋。見郁達夫：〈沉淪〉，郁達夫：《沉淪‧春風沉醉的夜晚》，頁 22。

39 郁達夫：《沉淪‧春風沉醉的夜晚》，頁 23。

40 在〈沉淪〉裡，其他部分的敘事結構，多以主角主觀意識帶出情節，這也是郁達夫創作的獨特風格，故馬森指出：「郁達夫作品中所呈現的個性解放以

透過具體的對話讓讀者看見主角想逃離他人注視，而意圖使自己在新的「冷靜空間」安頓下來的積極而且急迫的企圖。

作者安排主角獲得了新的「冷靜空間」，這「冷靜空間」也意味著主角斷絕了一切人事結構的往來，包含他最親近的兄長：

> 搬進了山上梅園之後，他的憂鬱症（hypochondira）又變起形狀來。
>
> 他同他的北京的兄長，為了一些兒細事，竟生起齟齬來。他發了一封長長的信，寄到北京，同他的長兄絕了交。[41]

作者透過新的「棲居地」空間象徵主角斷絕了人際關係的結構，讓他「近來只同退院的閑僧一樣，除了怨人罵己之外，更沒有別的事情了。[42]」透過空間清冷與人際關係斷絕的描寫，金健人說：「空間在作品中總是被具體化為景物，與人物的活動相結合而構成運動著的場景[43]。」，空間在此呼應著主角的意識情感與活動，使情感意識和空間物象互相觸引、感發[44]，讓主角的意識感受到愈加孤獨，同時讓他更覺得自己是世界上最悲

及人物的孤僻性，跟一般現代主義小說中人物孤絕的狀況如出一轍。……郁達夫最喜歡用的自剖，也非常接近意識流小說中所用的『內在獨白』。」見馬森：〈從寫實主義到現代主義：論郁達夫小說的傳承地位〉，《成功大學學報‧人文社會版》，第 32 卷，1997 年 11 月，頁 38。

[41] 郁達夫：〈沉淪〉，郁達夫：《沉淪‧春風沉醉的夜晚》，頁 24。

[42] 郁達夫：〈沉淪〉，郁達夫：《沉淪‧春風沉醉的夜晚》，頁 25。

[43] 金健人：《小說美學結構》（台北：木鐸，1988 年），頁 72。

[44] 蔡英俊：《比興、物色與情景交融》（台北：大安，1995 年 3 月），頁 17。

苦的人[45]；如此也可以看見郁達夫在似意識流手法的運用和表述之外，在具體空間與人事情境結構中的相互感發描寫，也有高明之處。

存有的意識表述：人際關係、國族認同與性

　　郁達夫〈沉淪〉的小說，是透過主角焦慮的意識來表述情節、帶出時間感和空間感，繼而從主角的注視的時空中看見「事件」，而「事件」的表述又詮釋循環了主角存有的意識[46]；我們在小說中第二節中，看見主角焦慮的意識表述出其對學校空間的否定：

　　　　他覺得學校裡的教科書，味同嚼蠟，毫無半點生趣。[47]

主角對學校空間有否定的意識，其實出自於對學校場域的人際關係產生焦慮，害怕他人的注視：

---

[45]　「他證明得自家是一個世界上最苦的人的時候，他的眼淚就同瀑布似地流下來。」郁達夫：〈沉淪〉，郁達夫：《沉淪・春風沉醉的夜晚》，頁 24。

[46]　陳榮華說：「所有的人必須用『事件』（event;Ereignis）來顯示他的存有。」因為事件包含了人際「互為主體」的性質、時間的綿延、空間的廣袤，完整的事件才能顯示完整地空間的、時間的存有。同樣小說人物的存有，也通常透過「事件」向讀者開放，向讀者展現人物的意識。見陳榮華：《海德格《存有與時間》闡釋》（台北：台大出版社，2003 年），頁 138。

[47]　郁達夫：〈沉淪〉，郁達夫：《沉淪・春風沉醉的夜晚》，頁 5。

有時後到學校裡去，他每覺得眾人都在那裡凝視他的樣子。他避來避去想避他的同學，然而無論到了甚麼地方，他的同學的眼光，總好像懷了惡意，射在他的背脊上。[48]

被注視，就是「我」呈現於他人的判斷中，是「我」成為在他人價值判斷中的未知對象[49]，由於主角對自己的不斷否定，因此在「成為在他人價值判斷中的未知對象」前，就先驗地否定自己，因此在主角的意向行為中，他人同樣地否定自己，在焦慮的視角中，主角更甚地建立起敵對仇視的人際關係：「它們都是日本人，它們都是我的仇敵，我總有一天來復仇，我總要復它們的仇。[50]」主角將原有學校場域的人際關係提升到國族認同的意識上，之後作者對主角同學的敘述，也從「他的同學」轉變為「他的同學日本人」、「日本學生」為主的敘述，使人際結構產生更大的衝突與張力，而目睹三個同學日本人向兩個女學生搭訕，引發了主角在日記中對「性」以及「國族認同」的反思：

> 中國呀！中國！你怎麼不富強起來，我不能再隱忍過去了。
>
> 故鄉豈不有明媚的山河，故鄉豈不有如花的美女？我何苦要道這東海的島國裡來！
>
> ……

48 郁達夫：〈沉淪〉，郁達夫：《沉淪‧春風沉醉的夜晚》，頁 6。
49 沙特著，陳宣良等譯：《存在與虛無（下）》，台北：久大，1990 年，頁 385。
50 郁達夫：〈沉淪〉，郁達夫：《沉淪‧春風沉醉的夜晚》，頁 6。

我所要求的就是愛情！

　　若有一個美人，能理解我的苦楚，她要我死，我也肯的。

　　若有一個婦人，無論她是美是醜，能真心真意的愛我，我也願意為她而死的。

　　我所要求的就是異性的愛情！

　　蒼天呀蒼天，我不並要知識，我並不要名譽，我也不要那些無用的金錢，你若能賜我一個伊甸園的「伊扶」，使她的肉體與心靈，全歸我有，我就心滿意足了。[51]

我們在這篇日記中，首先看到主角對中國國勢衰弱的憤慨，歷來論者都以為〈沉淪〉除了作者性慾的渴望外，還有對中國衰弱的關懷和憤恨，如馬森指出：

　　在《沉倫》中，隱含的作者為我們講述了一個中國留日青年的故事。這個留日青年受著雙重心理困擾：一方面因中國國勢的衰弱，這個留日青年感受到日本人的蔑視與歧視；另一方面，也感受到青春期的性煩惱。[52]

紀俊龍也指出〈沉倫〉中的愛情描寫，就隱含著對國家命運關懷側目的娩怨與憤懣。[53]然而對國家命運關懷的憤懣只是主角

51　郁達夫：〈沉淪〉，郁達夫：《沉淪‧春風沉醉的夜晚》，頁 6。
52　馬森：〈從寫實主義到現代主義：論郁達夫小說的傳承地位〉，《成功大學學報‧人文社會版》，第 32 卷，1997 年 11 月，頁 36。
53　紀俊龍：〈郁達夫《沉淪》的愛情意涵〉，《弘光人文社會學報》，第 4 期，2006年 5 月，頁 57。

表面上的困擾，我們前文即指出主角是因為在人際結構上否定自我，進而把人際結構擴大到國族認同的仇視日本心態，主角是將自我否定的心態「外控」於國家問題，是其病態焦慮的思想擴張，從日記中更可以明顯看到這一點：「中國呀！中國！你怎麼不富強起來，我不能再隱忍過去了。故鄉豈不有明媚的山河，故鄉起不有如花的美女？」原來日記一開始怨恨國家不會富強，卻話鋒一轉轉到「如花的美女」，到日記的最後，主角大膽宣示：「我所要求的就是愛情！」、「蒼天呀蒼天，我不並要知識，我並不要名譽，我也不要那些無用的金錢，你若能賜我一個伊甸園的「伊扶」，使她的肉體與心靈，全規我有，我就心滿意足了」，對於國家富強的想法早已被主角拋諸腦後，因此國家富強與否只是主角否定自我的藉口，使主角否定自我有個宏大、正當化的理由，主角確切的慾望是能肯定自我，最後具體落實到性慾的追求，我們可以將主角欲意「肯定自我」到「性慾追求」的心態變化過程以下表表示：

第一階段心理	第二階段心理	第三階段心理
肯定自我(意欲透過國家富強來肯定自我)	肯定自我與人際結構的關係	具體表現在性慾的期待；透過性慾肯定自我同時肯定了與女性的「他者」建構人際關係。

主角並非對國家的衰弱而感到憂心，而是對自身存有無法肯定自我，無法融合於日本學校的人際關係中而感到焦慮，而

這種焦慮在主角日記中最後的告白裡，已經被完全忽略，具體變態成為對性慾的渴求與期待本身，主角所言：「我不並要知識，我並不要名譽，我也不要那些無用的金錢」實已表露出主角寧可放棄肯定自我、自我實現的可能來追求性慾的完成。

因此在「自我肯定」、「人際關係」、「國族認同」以及「性慾」的問題意識上，最終對只剩下「性慾」的「沉淪」問題而已。

性慾與自我的沉淪

郁達夫在初次描寫主角的性慾解放時，利用了春季的時空表述出來，作者對於主角性慾苦悶的描寫是充滿同情的：

> 薰風日夜的吹來，草色漸漸兒的綠起來。旅館近傍的麥田裡的麥穗，也一寸一寸的長起來了。草木蟲魚都化育起來，他的始祖傳來的苦悶也一日一日的增長起來，他每天早晨，在被窩裡犯的罪惡，也一次一次的加多起來了。他本來是一個非常愛高尚愛潔淨的人，然而一到了這邪念發生的時候，他的智力也無用了，他的良心也麻痺了，他從小服膺的「身體髮膚不敢毀傷」的聖訓，也不能顧全了。他每次犯了罪之後，每深自痛悔……[54]

---

[54] 郁達夫：〈沉淪〉，郁達夫：《沉淪‧春風沉醉的夜晚》，頁 16。

郁達夫用春季萬物滋長和「始祖傳來的苦悶」將性慾合理化，但卻又宣稱性慾的發洩是「被窩裡犯的罪惡」、「邪念」，而這種矛盾所引發的焦慮和苦悶總讓主角每次「犯罪」，卻又每次「深自痛悔」，在這一方面郁達夫是同情主角的，因此郁達夫說「他本來是一個非常愛高尚愛潔淨的人」，說主角是被引誘的[55]，說「他的自責心同恐懼心，竟一日也不使他安閒，他的憂鬱症也從此厲害起來了……暑假的兩個月內，他受的苦悶，更甚於平時；到了學校開課的時候，他的兩頰的顴骨更高起來，他的青灰色的眼窩更大起來，他的一雙靈活的瞳仁，變了同死魚的眼睛一樣了。[56]」作者筆法洋溢著同情的基調，然實際上我們從「暑假的兩個月內，他受的苦悶，更甚於平時」可知，這性慾的發洩與春天無關，或者說，這是主角他存有的意識（所謂高尚潔淨）和現實身體知覺（性慾發洩）無法統一的苦悶，因而影響到他的身體狀態。

　　而主角苦悶的性慾，也讓他對於旅館主人的女兒有一種異樣的認知關係，主角「非常愛她」，但「總裝出一種兀不可犯的樣子來。他心裡雖想對她講幾句話，而一見了她，他總不能開口。[57]」這也是意識和身體知覺無法統一，造成無法主角透過身體進行對「她」的意識表述，而性慾的「意識與身體無法統一的苦悶」也轉化為兩性的「意識與身體無法統一的苦悶」，這種「意識與身體無法統一的苦悶」的壓抑，在偷窺了「她」洗澡

---

[55] 郁達夫：〈沉淪〉，郁達夫：《沉淪・春風沉醉的夜晚》，頁 16。
[56] 郁達夫：〈沉淪〉，郁達夫：《沉淪・春風沉醉的夜晚》，頁 17。
[57] 郁達夫：〈沉淪〉，郁達夫：《沉淪・春風沉醉的夜晚》，頁 17。

被發現的衝突點中被突破了，主角逃離了這種「苦悶」的場域，尋求梅園的「冷靜空間」，然而在主角尋求性慾意識冷靜的時刻，他在梅林裡卻又偷聽到一對男女的性愛對話，又引發了主角「高尚潔淨」的道德與「性慾發洩」的苦悶的意識衝突。

　　一次視覺性的「旅館主人的女兒」沐浴，一次聽覺性的野外男女性愛聲音，讓主角產生極大的苦悶：「他苦悶了一場，聽聽兩人出去之後，就同落水的貓狗一樣，回到樓上房裡去，拿出被窩來睡了。[58]」，也因此主角睡醒了，不知不覺到處去遊蕩，走到「賣酒食、有妓女」的地方去：

> 　　「這大約就是賣酒食的人家，但是我聽見說，這樣的地方，總有妓女在那裡的。」
>
> 　　一想到這裡，他的精神就抖擻起來，好像是一桶冷水澆上身來的樣子。他的臉色立刻變了。想要進去又不能進去，想要出來又不得出來；可憐他那同兔兒似的小膽，同猿猴似的淫心，竟把他陷到一個大大的難境裡去了。[59]

從這段敘述中，我們看見主角選擇要不要進酒店的行為也是受到「意識與身體無法統一的苦悶」，作者用「可憐他那同兔兒似的小膽，同猿猴似的淫心」這樣的比喻來同情主角的苦悶與

---

[58] 郁達夫：〈沉淪〉，郁達夫：《沉淪・春風沉醉的夜晚》，頁 17。原先郁達夫寫主角租的是平房，卻又在此處寫「樓上房裡」，應是筆誤。

[59] 郁達夫：〈沉淪〉，郁達夫：《沉淪・春風沉醉的夜晚》，頁 28。

矛盾，但機遇的巧合下主角仍然走進了酒店[60]，然在酒店的房間中，主角刻意保持「高尚潔淨」，不但引詩人的身份來證明自己與別人不同，亦大聲吟唱詩歌；但主角終究因酒醉而「沉淪」於對妓女發洩了性慾。

從存有意識、存有人際關係結構、意識與性慾結構一路鋪陳下來，主角不斷質疑、否定的自我、否定並截斷了此有的人際關係，在意識與性慾的衝突結構中特意選擇了性慾，使「高尚潔淨」的意識與「身體知覺」的性慾產生最大衝突的「沉淪」，主角意識本身不能承受如此的「沉淪」，因而選擇自殺，也終結了他自我的矛盾、衝突，但這種選擇無異也是一種沉淪。

結語：病態、焦慮與陌生化的視角

〈沉淪〉這篇小說原本相當平凡的對愛情、性慾追求的主題，在郁達夫以「憂鬱症」患者孤獨、病態且焦慮的存有意識來表述，讓我們從一被「陌生化」的焦慮視角來「閱讀」這小說人物的思維、情感和意識，讓我們透過「陌生化」從新鮮的角度來看原本生活中平凡不過的愛情與性慾之意識活動，焦慮和病態的視角擴大了主角「意識與身體無法統一的苦悶」，讓主角處於破碎的人際關係網絡，讓主角造成亟欲肯定自我又亟欲否定自我的矛盾意識，也造成了主角自殺、沉淪的主因，讓

---

[60] 此處指主角誤認酒家的女聲嘲笑他膽小，而刻意壯膽走入酒家的機遇性。

小說充滿令人驚悸的意識表述和語言，然而主角最終選擇自殺的沉淪，也是在這種病態、焦慮與陌生化視角所構成的一連串事件的世界中，唯一的選擇，但對於主角而言，這種「沉淪」的選擇並不是必然的，主角在自殺前把自殺的原因歸咎於他者，我們以下表整理出來：

    1.求不到愛情

    2.世上的人仇視

    3.自家手足排擠

    4.國家不富強

    我們可以發現主角死前的意識指涉上表的四個原因，除了第四點「國家不富強」，有討論的空間外，前面三點都是出於主角自身存有「決定透過羞恥、焦慮等把握自己的『被注視的存在』」，換句話說，就是主角自殺的原因，是他自己在焦慮的視角對自我存有的否定，本文在第四節整理出主角的心態：

第一階段心理	第二階段心理	第三階段心理
肯定自我（意欲透過國家富強來肯定自我）	肯定自我與人際結構的關係	具體表現在性慾的期待；透過性慾肯定自我同時肯定了與女性的「他者」建構人際關係。

    然而主角否定了性慾與愛情，也否定了與同學、北京兄長的人際結構，同時因為在妓女身上發洩性慾，也否定了自我，

加上國家不富強，造成了主角病態、焦慮的理由，歷來一般論者將〈沉淪〉小說中主角言：

> 「祖國呀！祖國！我的死是你害我的！」
> 「你快富起來！強起來吧！」
> 「你還有許多兒女在那裡受苦呢！」[61]

認為是作者對國家的致意，期待國家富強的表述，然當我們回到存有意識本身，從郁達夫病態、焦慮的美學觀點出發，以及〈沉淪〉小說中主角的病態、焦慮視角的意識表述觀點來看，這種把自殺理由怪罪於國家不富強，無疑應是對當時期待國家富強，卻自怨自艾的中國人的一種諷刺，這種對愛情與性慾、人際關係結構以及國家觀念的諷刺，相信是〈沉淪〉這篇小說中意識所流露出來的深層結構。

---

[61] 郁達夫：〈沉淪〉，郁達夫：《沉淪・春風沉醉的夜晚》，頁 35。

參考書目

一、原典部分

郁達夫《沉淪・春風沉醉的夜晚》，上海，復旦大學出版社，
　　2005 年 5 月。

二、專書部分

金健人《小說美學結構》，台北，木鐸，1988 年。

沙特著，陳宣良等譯《存在與虛無（上）》，台北：久大，1990
　　年 1 月。

沙特著，陳宣良等譯《存在與虛無（下）》，台北：久大，1990
　　年 1 月。

畢普塞維克（Edo Pivceic）著，廖仁義譯《胡賽爾與現象學》，
　　台北：久大，1991 年。

蔡英俊《比興、物色與情景交融》，台北：大安，1995 年 3 月

Philip koch 著，梁永安譯《孤獨》，台北：立緒文化，1998 年。

皮埃爾・布迪厄（Pierre Bourdieu）、華康德（L. D. Wacquant）
　　著，李猛、李康譯《實踐與反思─反思社會學導引》，北
　　京：中央編譯局出版社，1999 年。

王川岳《現象學與解釋學文論》，山東：山東教育出版社，2001
　　年 7 月。

張冰《陌生化詩學：俄國形式主義研究》，北京：北京師範大
　　學出版社，2001 年 11 月。

陳榮華《海德格《存有與時間》闡釋》，台北：台大出版社，
　　2003 年。

張健主編《小說理論與作品評析》，台北：文津，2003 年。

戚廷貴《美學原理》，長春：東北師範大學出版社，2006 年。

三、學位論文

沈芳芳《梅洛龐蒂身體美學初探》，浙江大學文藝學碩士論文，
　　2007 年。

戴海青《海德格爾生態倫理思想研究》，南京師範大學倫理學
　　碩士論文，2007 年。

四、期刊論文

王孝廉：〈沉倫與流轉──三十歲以前郁達夫的色、慾與性〉，
　　《聯合文學》，第 6 卷第 10 期，1990 年 8 月。

馬森：〈從寫實主義到現代主義：論郁達夫小說的傳承地位〉，
　　《成功大學學報·人文社會版》，第 32 卷，1997 年 11 月。

蔡振念：〈郁達夫小說中的病態美學〉，《文與哲》，第 7 期，2005
　　年 12 月，頁 319。

紀俊龍：〈郁達夫《沉淪》的愛情意涵〉，《弘光人文社會學報》，
　　第 4 期，2006 年 5 月。

方環海、沈玲：〈依賴心理與鄭愁予詩歌的孤獨感研究〉，《臺灣
　　詩學學刊》，臺灣詩學季刊雜誌社，第 7 期，2006 年 5 月。

空間場域的時間性：論白先勇〈花橋榮記〉的時間表述

摘要

　　白先勇的小說〈花橋榮記〉是以一家名為「花橋榮記」的飯館為敘事中心，用「花橋榮記」的老闆娘作為第一人稱的敘事，延伸表述周遭的人事物。「花橋榮記」的老闆娘她的視域是時間性的，雖然她所看到的是以「花橋榮記」為中心的空間，但這空間同樣帶有時間性。本論文即以〈花橋榮記〉這篇小說做為研究中心，用老闆娘對人事變遷的意向表述作為奠基，從「花橋榮記」空間場域中人事變遷的表述領會到空間的時間性，而這空間場域所屬的客體時間性也需回歸到意向者（表述者）的討論本身才能彰顯出作品的意義。

前言：人是空間場域的時間徵象

　　白先勇的小說〈花橋榮記〉是以一家名為「花橋榮記」的飯館為敘事中心，用「花橋榮記」的老闆娘作為第一人稱的敘事，延伸表述周遭的人事物。「花橋榮記」的老闆娘她的視域

是時間性的，雖然她所看到的是以「花橋榮記」為中心的空間，但這空間同樣帶有時間性，我們在小說的前兩段看見老闆娘的表述：

> 提起我們花橋榮記，那塊招牌是響噹噹的。當然，我是指從前桂林水東門外花橋頭，我們爺爺開的那家米粉店。黃天榮的米粉，桂林城裡，誰人不知？那個不曉？
> ……
> 我自己開的這家花橋榮記可沒有那些風光了。我是做夢也沒想到，跑到臺北又開起飯館來[1]。

「花橋榮記」的空間從過去桂林水東門外花橋頭轉移到台北，同樣的名稱在時間裡綿延，雖然空間的本質是自然外於自身存在的無中介的漠然無別狀態[2]，但小說中所書寫的空間當然不是表述空間本身，而是寫人在空間中的存有，如李清筠說：「空間是人一切活動發生的場所，因此，空間的記錄，就呈現了人經驗活動或心志活動的內容。反映在作品中的空間書寫，或者是人真實生活的記錄，或者是其心志所向，引導讀者透過空間類型的書寫現象，去叩問其中所映射的人生安頓[3]。」在〈花

---

[1] 白先勇：〈花橋榮記〉，《台北人》（2008 年 9 月），頁 174。

[2] 馬丁・海德格著，王慶節、陳嘉映譯：《存在與時間》（台北：桂冠，1994 年 8 月），頁 562。

[3] 李清筠：《時空情境中的自我影像：以阮籍、陸機、陶淵明詩為例》，台北：文津，2000 年，頁 109。

橋榮記〉中,透過花橋榮記老闆娘的視域表述,讓我們以老闆娘的體驗流出發,在花橋榮記的空間中看見人的活動內容,看見人際結構在空間裡的變化,所以我們據此稱呼「空間」為「空間場域」,強調空間中人際結構的變化[4],人在空間中活動,在空間中體驗空間而意識到綿延,意識到空間場域的時間性,這空間場域的時間性並非由純粹空間的廣袤而被意向到的,而主要是以意向人事的變遷來彰顯時空的變化,如金健人所說:「空間在作品中總是被具體化為景物,與人物的活動相結合而構成運動著的場景[5]。」空間總是在小說中被「人化」,使空間場域帶有人的特質,而空間場域也藉由人的特質使時間性突顯出來,是故人是空間場域的時間徵象[6],以〈花橋榮記〉這篇小說為例,我們是以老闆娘對人事變遷的意向表述作為奠基,

---

4   所謂「場域」,皮埃爾・布迪厄(Pierre Bourdieu)、華康德(L. D. Wacquant)指出:「一個場域可以被定義為在各種位置之間存在的客觀關係的一個網絡(network),或一個構型(configuration)。正是在這些位置的存在和它們強加於特定位置的行動者或機構之上的決定性因素中,這些位置得到客觀的界定,其根據是這些位置在不同類型的權力(或資本)——佔有這些權力就意味著把持了這一場域中厲害攸關的專門利潤(specificprofit)的得益權——的分配結構中實際的和潛在的處境,以及他們與其他位置之間的客觀關係(支配關係、屈從關係、結構上的對應關係,等等)。」也就是人際、權力結構的位置空間化。見皮埃爾・布迪厄(Pierre Bourdieu)、華康德(L. D. Wacquant)著,李猛、李康譯:《實踐與反思一反思社會學導引》(北京:中央編譯局出版社,199 年),頁 134。

5   金健人:《小說美學結構》(台北:木鐸,1988 年),頁 72。

6   關於「意向」的活動,莫倫說:「胡賽爾指出:意識內容指被意識到的東西,而意向行為是活動性質,是指意識所特有的運作模式。」而「意向表述」則是將意識所意向到的意義充實表達出來。見德穆・莫倫(DErmont moram)著,蔡錚雲譯:《現象學導論》(台北:桂冠,2005 年)頁 157。

從「花橋榮記」空間場域中人事變遷領會到空間的時間性,而這空間場域所屬的客體時間性也需回歸到意向者(表述者)的討論本身才能彰顯出作品的意義。

意向主體所意向的空間場域

我們首先必須先釐清〈花橋榮記〉的空間場域是小說中第一人稱的老闆娘意向表述出來的視域,對於老闆娘所意向到的「花橋榮記」空間場域,是以「花橋榮記」的符號——「那塊招牌」作為奠基,故小說一開始說:

> 提起我們花橋榮記,那塊招牌是響噹噹的。當然,我
> 是指從前桂林水東門外花橋頭,我們爺爺開的那家米
> 粉店[7]。

然後老闆娘轉而敘述自己開的「花橋榮記」,老闆娘對於「花橋榮記」的視域是以我為中心開展的,因此,在花橋榮記的視域中,我們可以看見空間場域為「我」所意義充實,我們可以以下表表示:

---

7 白先勇:〈花橋榮記〉,《台北人》(2008 年 9 月),頁 174。

時間性	空間場域	空間場域中的「我」
過去	桂林水東門外花橋頭的「花橋榮記」	1. 我還記得奶奶用紅絨線將那些小銅板一串串穿起來，笑得嘴巴都合不攏，指著我說：妹仔，你日後的嫁妝不必愁了。 2. 連桂林城裡那些大公館請客，也常來訂我們的米粉。我跟了奶奶去送貨，大公館那些闊太太看見我長得俏，說話知趣，一把把的賞錢塞到我袋子裡，管我叫「米粉丫頭」[8]。
現在	台北的小食店「花橋榮記」	1. 我還做過幾年營長太太呢。那曉得蘇北那一仗，把我先生打得下落不明，慌慌張張我們眷屬便撤到了臺灣。頭幾年，我還四處打聽，後來夜裡常常夢見我先生，總是一身血淋淋的，我就知道，他已經先走了。我一個女人家，流落在臺北，總得有點打算，七拼八湊，終究在長春路底開起了這家小食店來。 2. 老闆娘一當，便當了十來年，長春路這一帶的住戶，我閉起眼睛都叫得出他們的名字來了[9]。

在小說的前兩段雖然老闆娘表面上在表述過去和現在的「花橋榮記」，但實際上卻是敘述自我在「花橋榮記」空間場域中的位置，這個位置是歷時性的，從老闆娘小的時候，一直到老闆娘當過幾年營長太太，一直到在長春路底開起「花橋榮記」這家小食店，雖然食店不在花橋了，但在老闆娘的意向活動中，長春路底的「花橋榮記」仍是桂林這家「花橋榮記」的延伸，故雖然長春路底沒有花橋，仍然取名有同樣「花橋」的名字；事實上，小說中「花橋榮記」的空間場域是由老闆娘「我」的身體作為空間的延伸，如梅洛——龐蒂所說：「從某個意義

8　白先勇：〈花橋榮記〉，《台北人》，頁 174。

9　白先勇：〈花橋榮記〉，《台北人》，頁 174-175。

上說，世界只是我的身體的延伸[10]。」世界所構成的空間場域
是我身體體驗的延伸，而身體與周遭的互動，可以帶給語言無
止境更多詮釋的空間[11]，換言之，從「我」的「身體」與周遭
人際關係的互動，可以從「我」的空間場域延伸出去，做更寬
廣的詮釋，如同花橋榮記的老闆娘，從「我」的身體空間所佔
據的空間場域物這來表述「花橋榮記」的空間，繼而表述其他
與「花橋榮記」空間場域有關聯性的住戶「長春路這一帶的住
戶，我閉起眼睛都叫得出他們的名字來了」，然後繼而表述來
店裡吃飯的客人：

> 來我們店裡吃飯的，多半是些寅吃卯糧的小公務員——
> 市政府的職員嘍、學校裡的教書先生嘍、區公所的辦事
> 員嘍——個個的荷包都是乾癟癟的，點來點去，不過是
> 些家常菜，想多搾他們幾滴油水，竟比老牛推磨還要吃
> 力。不過這些年來，也全靠這批窮顧客的幫襯，才把這
> 店面撐了起來[12]。

換言之，〈花橋榮記〉裡所表述的空間場域，是以老闆娘「我」
空間場域的位置延伸，與周遭的人際互動而建立起更多詮釋的
空間場域，我們可以以下表表示：

10　（法）莫理斯·梅洛——龐蒂著，羅國祥譯：《可見的與不可見的》（北京：
　　商務印書館，2008 年 4 月），頁 75。

11　蔡錚雲：〈感覺性知識與知識性感覺——論胡塞爾的被動綜合〉，《胡塞爾與
　　意識現象學：胡塞爾誕辰一百五十週年紀念》（上海：上海譯文，2009 年 10
　　月），頁 77。

12　白先勇：〈花橋榮記〉，《台北人》，頁 175。

花橋榮記老闆娘「我」的意向活動	過去	現在
地點	桂林的「花橋榮記」	台北的「花橋榮記」
人事	1. 我還記得奶奶用紅絨線將那些小銅板一串串穿起來，笑得嘴巴都合不攏，指著我說：妹仔，你日後的嫁妝不必愁了。 2. 連桂林城裡那些大公館請客，也常來訂我們的米粉。我跟了奶奶去送貨，大公館那些闊太太看見我長得俏，說話知趣，一把把的賞錢塞到我袋子裡，管我叫「米粉丫頭」。	1. 老闆娘一當，便當了十來年，長春路這一帶的住戶，我閉起眼睛都叫得出他們的名字來了。 2. 來我們店裡吃飯的，多半是些寅吃卯糧的小公務員——市政府的職員嘍、學校裡的教書先生嘍、區公所的辦事員嘍——個個的荷包都是乾癟癟的，點來點去，不過是些家常菜，想多搾他們幾滴油水，竟比老牛推磨還要吃力。不過這些年來，也全靠這批窮顧客的幫襯，才把這店面撐了起來。

　　我們可以看見小說中老闆娘「我」是透過「我」以及他人來奠定「花橋榮記」空間場域的空間性，換言之，也就是透過人的主體性來肯定主體的我所意向到「花橋榮記」的空間，如同潘朝陽所說：「所謂的『存在空間』須由『內在』的『主體性』來肯定、展現，所以此空間的內蘊，不是幾何的點、線、面之『外在性』就可涵括。當然，此亦非指謂『存在空間』無幾何之點、線、面構成。乃是說『存在空間』是依此空間內『主體人』之意義活動和創造而形塑建構，若抽離掉人之意義活動創造，則外緣的幾何性將無『存有性』價值可言[13]。」也就是

---

[13] 潘朝陽：〈現象學地理學——存在空間的一個詮釋〉收錄於《中國地理學會刊》，第 19 期，1991 年 7 月，頁 74。

說人所存有空間（例如「花橋榮記」的空間場域）是由人的主體性來肯定、展開，人所存有、存在的空間場域則是因為主體性的人的意義活動和創造所形成的，故所謂人「存在空間」必然是由人的活動所意義充實起來，故我們在小說中看見老闆娘以「我」的身份表述花橋榮記的場域空間為人所意義充實，但在為人所意義充實的空間場域中，我們看見了時間性，因為人事的變遷是對時間開放，人的存有本身具有時間性，我們在小說的表述中看見過去的人事以及現在的人事，正如我們前文所說，人是空間場域的時間徵象在此即能夠作一個見證，人事的變遷突顯出空間場域的時間性，當人事變遷被表述出來時，空間場域的時間性也據此澄明起來，故雖花橋榮記的老闆娘在小說中表象上是表述空間場域中她所意向到的人事變遷，本質上卻也揭示了「花橋榮記」空間場域的時間性。

意向主體與意向對象在空間場域中的位置與時間性

前文說明了在〈花橋榮記〉小說中主要是以老闆娘第一人稱視角延伸出來對空間場域中的人際結構以及時間性的表述，而其中特別彰顯的是老闆娘所意向到現在當下的時間視域，因為構成當下觀察時間客體的時間視域的行為本身包含原意識、滯流和前攝[14]，也就是說當下對人事的意向行為本身就包含著

[14] 埃德蒙德・胡塞爾著，倪梁康、張廷國譯：《生活世界現象學》（上海：譯文出版，2002 年 6 月），頁 98。

當下的「原意識」，以及「滯留印象」的回憶，以及對未來前攝的期待的三種時間意向活動，而這三種時間意向活動的成分則依據意向主體當下的企圖而呈現。

在〈花橋榮記〉中，身為意向主體及表述主體的老闆娘當下主要的意向對象是他的客人，老闆娘的家鄉在廣西桂林，由於她在空間場域中的位置，使「花橋榮記」的風味偏於廣西的風味，而使廣西同鄉的客人特別多[15]，而老闆娘此一意向主體所意向的對象也是以廣西客人為主，其中最主要的人物除了老闆娘自己就是李老頭、秦癲子和盧先生。

這些同鄉的客人因為「花橋榮記」食物的家鄉味，而長年在這裡包飯，就表面上來看，「花橋榮記」的食物家鄉味是此空間場域的特色，聯繫起對於家鄉廣西的聯想，而這種鄉愁的聯想，有一部份則是對現實世界某種程度的疏離（alienation）[16]，因此如老闆娘口中說的：

> 我們那裡，到處青的山，綠的水，人的眼睛也看亮了，皮膚也洗得細白了。幾時見過臺北這種地方？今年颱風，明年地震，任你是個大美人胎子，也經不起這些風雨的折磨哪[17]！

---

[15] 小說中寫道：「顧客裡，許多卻是我們廣西同鄉，為著要吃點家鄉味，才常年來我們這裡光顧，尤其是在我們店裡包飯的，都是清一色的廣西佬。」見白先勇：〈花橋榮記〉，《台北人》，頁175。

[16] 廖咸浩：《愛與解構——當代台灣文學評論與文化觀察》（台北：聯合文學，1995年10月），頁42。

[17] 白先勇：〈花橋榮記〉，《台北人》，頁177。

在老闆娘的鄉愁意識裡，我們可以看見她對於現實世界的台北這空間的抗拒、疏離，而這種疏離感反襯出對於家鄉的認同，換言之，老闆娘或店裡懷著鄉愁來品嚐家鄉味的客人對於台北或廣西桂林的空間場域的認知，是被鄉愁意識所意向建構的，如同胡塞爾所說：「我所身處的並且同時是我的周圍世界的這個世界是與我的經常變化的意識自發性的集合體相關聯的……[18]。」這些在「花橋榮記」的客人或老闆娘所位於的空間場域是與自身意識所構成的集合體相關聯，也因為意識對於家鄉的懷念、嚮往，將自己拋入「花橋榮記」這個擬家鄉的空間場域裡[19]，透過家鄉味的味覺實踐，在意識中凝視自我的位置以求符合本身場域位置的期望，這是離鄉背井的人渴望家鄉味和老闆娘取相同的「花橋榮記」名稱的緣故。

然而以老闆娘作為意向主體，對於李老頭、秦癲子和盧先生的意向活動中有不一樣的意義充實，一方面這些人的表徵（體貌、性情、行為）差異，一方面則關係到意向主體與意向對象的位置，我們可以以下表表列：

---

18 （德）埃德蒙德・胡塞爾著，（德）克勞斯・黑德爾編，倪梁康譯：《現象學的方法（修訂本）》，上海：藝文，2007年3月，頁121。
19 老闆娘刻意以相同於過去廣西桂林水門東的「花橋榮記」米粉店作為台北小食店的名字，正是一種以符號擬構家鄉空間場域的一種方式。

人物	原居地	老闆娘的表述
李老頭	從前在柳州做大木材生意	他在我們店裡包了八年飯，砸破了我兩打飯碗，因為他的手扯雞爪瘋，捧起碗來便打顫。老傢伙愛唱「天雷報」，一唱便是一把鼻涕，兩行眼淚。那晚他一個人點了一桌子菜，吃得精光，說是他七十大壽，那曉得第二天便上了吊。我們都跑去看，就在我們巷子口那個小公園裡一棵大枯樹上，老頭子吊在上頭，一雙破棉鞋落在地上，一頂黑氈帽滾跌在旁邊。他欠的飯錢，我向他兒子討，還遭那個挨刀的狠狠搶白了一頓。
秦癲子	從前在廣西容縣當縣長	也算我倒楣，竟讓秦癲子在我店裡白吃了大半年。他原在市政府做得好好的，跑去調戲人家女職員，給開除了，就這樣瘋了起來，我看八成是花癲！他說他在廣西容縣當縣長時，還討過兩個小老婆呢。有一次他居然對我們店裡的女顧客也毛手毛腳起來，我才把他攆了出去。他走在街上，歪著頭，斜著眼，右手伸在空中，亂抓亂撈，滿嘴冒著白泡子，吆喝道：「滾開！滾開！縣太爺來了。」有一天他跑到菜場裡，去摸一個賣菜婆的奶，那個賣菜婆拿起根扁擔，罩頭一棍，當場打得他額頭開了花。去年八月裡颳颱風，長春路一帶淹大水，我們店裡的桌椅都漂走了。水退的時候，長春路那條大水溝冒出一窩窩的死雞死貓來，有的爛得生了蛆，太陽一曬，一條街臭哄哄。衛生局來消毒，打撈的時候，從溝底把秦癲子鉤了起來，他裹得一身的污泥，硬幫幫的，像個四腳朝天的大烏龜，誰也不知道他是什麼時候掉到溝裡去的。
盧先生	桂林同鄉的讀書人	包飯的客人裡頭，只有盧先生一個人是我們桂林小同鄉，你一看不必問，就知道了。人家知禮識數，是個很規矩的讀書人，在長春國校已經當了多年的國文先生了。他剛到我們店來搭飯，我記得也不過是三十五、六的光景，一逕斯斯文文的，眼也不撬，口也不開，坐下去便悶頭扒飯，只有我替他端菜添飯的當兒，他才欠身笑著說一句：不該你，老闆娘。

這三個客人當中，盧先生是真正和老闆娘是桂林的同鄉，換言之是空間場域中位置最接近的對象，是故老闆娘說：「講句老實話，不是我護衛我們桂林人，我們桂林那個地方山明水秀，出的人物也到底不同些[20]。」老闆娘在滯留印象的回憶中表述了李老頭和秦癲子在台北負面的行為，來反襯對比和她的同鄉盧先生的正面，如袁良駿所說：「對比手法是白先勇小說構成的基本要素，具體到人物塑造而言，這種手法也起了重要作用[21]。」三者的對比凸顯出在相同空間場域位置中盧先生的優秀，然而這三個意向對象所呈現出來的表述，在本質上是一時間性、歷時性的表述，我們可以以下表呈現：

意向對象	過去時間	表述時的當下時間（部分）
李老頭	從前在柳州做大木材生意，人都叫他「李半城」，說是城裡的房子，他佔了一半。	兒子在臺中開雜貨鋪，把老頭子一個人甩在臺北，半年匯一張支票來。
秦癲子	在廣西容縣當縣長	他原在市政府做得好好的，跑去調戲人家女職員，給開除了，就這樣瘋了起來……
盧先生	盧先生的爺爺原來是盧興昌盧老太爺。盧老太爺從前在湖南做過道臺，是我們桂林有名的大善人，水東門外那間培道中學就是他辦的。	在長春國校已經當了多年的國文先生了。

20 白先勇：〈花橋榮記〉，《台北人》，頁 177。
21 袁良駿：《白先勇論》（台北：爾雅，1991 年），頁 228。

老闆娘雖然在表述中比較出盧先生優於李老頭、秦癲子的地方，但我們從她表述的時間性來看，這些人在過去時間都相當風光，而到台北來反而就衰敗了，老闆娘對於這些人的表述正如同她對於「花橋榮記」的表述，我們可以從下表清楚比較：

時間	「花橋榮記」的地點	老闆娘的表述
過去	桂林水東門外花橋頭的「花橋榮記」	那塊招牌是響噹噹的。
現在	台北長春路底的「花橋榮記」	可沒有那些風光了。

老闆娘為了證明過去「花橋榮記」的招牌響噹噹，舉例了「連桂林城裡那些大公館請客，也常來訂我們的米粉[22]。」但在台北長春路底的客人卻僅是如李老頭、秦癲子和盧先生這樣衰敗的客人，人在空間場域的時間性表徵了空間場域的時間，而意向及表述主體的老闆娘正是以人事變遷作為「花橋榮記」空間場域時間性的表述，如潘朝陽依據恩特利肯（J. N. Entrikin）解釋「存在空間」：「人能夠參與並且直接關懷不斷發生『意義』的空間，在此空間中，人與人、人與世界具有一個聯結關懷的共同意向所形成的意義性網絡[23]。」人身為意向和表述的主體以意識參與空間的意義構成，這意義的構成是「不斷的」，也就是綿延具有時間性的構成，這構成也是人與

---

[22] 白先勇：〈花橋榮記〉，《台北人》，頁 174。

[23] 潘朝陽：〈存在空間的一個詮釋〉，《心靈・空間・環境——人文主義的地理思想・地理學與人文關懷》（台北：五南出版社，2005 年），頁 69。

人、人與世界的意識聯結所共同意向的構成，在此前提下，空間是在時間性的人際場域中被意義充實，而使空間場域充實具有了時間性。

時間流中的際遇性──以盧先生的際遇為討論中心

人本身在時間流中存有，人是具有時間性的，而另一方面人又具有際遇性。陳榮華說：「人的存有是有際遇性，故人總是有際遇的，不同的際遇讓他有不同的感受……由於際遇性是人的存在的基本結構，因此它是人的存在性徵[24]。」也就是在時間流中，每個人的存有都會有不同的際遇，不同的際遇構成人存在的基本結構，也就是人存在的意識行為將受到際遇的影響而有所不同，這樣的差異性可以更加澄明人的存有，而這際遇性的形成又是在時間體驗流中的體驗，故我們討論在空間場域中的際遇性時，無可避免地碰觸到時間性的問題。

以〈花橋榮記〉為例，在小說中老闆娘的表述裡，因為空間場域位置的關係，她主要表述的對象是盧先生，盧先生是老闆娘的桂林同鄉，長春國校的老師，老闆娘表述盧先生照顧小孩的耐心模樣：

---

[24] 陳榮華：《海德格《存有與時間》闡釋》（台北：台大出版中心，2003 年），頁 165。

我常常在街上撞見他，身後領著一大隊蹦蹦跳跳的小學生，過街的時候，他便站到十字路口，張開雙臂，攔住來往的汽車，一面喊著：小心！小心！讓那群小東西跑過街去[25]。

透過這一段話將盧先生和氣、對待小孩有耐心的態度示現出來，老闆娘並評價「人家可是有涵養，安安分分，一句閒話也沒得[26]。」又因為同鄉的關係，老闆娘說：「盧先生的菜裡，我總要家些料；牛肉是腱子肉，豬肉都是瘦的。」來顯示老闆娘對待盧先生特別好，但這用意是為了幫自己守寡的姪女兒秀華找盧先生來當對象，老闆娘並舉盧先生的房東太太的說詞來證明盧先生是良配：

> 房東顧太太是我的麻將搭子，那個湖北婆娘，一把刀嘴，世人落在她口裡，都別想超生，可是她對盧先生卻是百般衛護。她說她從來也沒見過這麼規矩的男人，省吃省用，除了拉拉了弦子，哼幾板戲，什麼嗜好也沒得。天天晚上，總有五、六個小學生來補習。補得的錢便拿去養雞[27]。

---

[25] 白先勇：〈花橋榮記〉，《台北人》，頁178。
[26] 白先勇：〈花橋榮記〉，《台北人》，頁179。
[27] 白先勇：〈花橋榮記〉，《台北人》，頁180。

老闆娘在人際的空間場域相當積極地建構盧先生和姪女兒秀華的關係,並暗自調查了盧先生的財產確定「老婆是討得起的了」,在這人際空間場域中,老闆娘子以為有絕對的掌控權,積極地創造盧先生和秀華的「際遇」,故當她想幫盧先生和秀華作媒時,還是用「拘」這個字:

> 於是一個大年夜,我便把盧先生和秀華都拘了來,做了一桌子桂林菜,燙了一壺熱熱的紹興酒。我把他們兩個,拉了又拉,扯了又扯,合在一起[28]。

而當盧先生以「在大陸上,早訂過婚了的」嚴詞拒絕這婚姻時,老闆娘「氣得我渾身打顫,半天說不出話路來」,可見得老闆娘對於盧先生拒絕而自己失去人際關係掌控權是相當憤怒的,另一方面盧先生說他在大陸訂過婚了,堅持不肯另行結婚,歐陽子說:「『花橋榮記』之盧先生,來臺多年,卻緊抱『過去』,一心一意要和他少年時期在桂林戀愛過而留居大陸的『靈透靈透』的羅家姑娘成親。這一理想是他生命的全部意義,有了它,他不在乎也看不見現實生活的艱辛痛苦,因為他的『靈』把他的『肉』踩壓控制著[29]。」歐陽子將盧先生對應時間流中的際遇表示成「靈」與「肉」的對抗,而「靈」在本質上是過去時間

---

28 白先勇:〈花橋榮記〉,《台北人》,頁 180。
29 歐陽子:〈白先勇的小說世界〉,《王謝堂前的燕子》(台北:爾雅,1976 年),頁 19。

的滯留印象,這滯留印象一直影響著盧先生的當下意識「肉」,
盧先生唱《薛平貴回窯》以王寶釧終究可在時間流中等到過去
的愛情來比喻自己[30],但盧先生香港的表哥藉由盧先生未婚妻
一事欺騙了盧先生十五年所攢的財產,這樣的際遇使盧先生放
棄對於過去滯留印象的期待,如歐陽子所說:「白先勇的小說
世界中,『靈』與『肉』之不可能妥協,或『昔』與『今』之
不可能妥協,歸根就底,起源於一個自古以來人人皆知之事實:
時間永不停駐[31]。」小說中呈現了在時間流的際遇只能有一次,
錯過了就不能夠重來,盧先生因為如此的際遇體驗,在時間流
中改變了他對於婚姻、愛情的意識,轉而隨便和一個名叫阿春
的洗衣婆交好,盧先生的房東太太顧太太表述了這件事:

> 「阿春替盧先生送衣服,一來便鑽進他房裡,我就知道,
> 這個臺灣婆不妥得很。有一天下午,我走過盧先生窗戶
> 底,聽見又是哼又是叫,還當出了什麼事呢。我墊起腳
> 往窗簾縫裡一瞧,呸──」顧太太趕忙朝地下死勁吐了
> 一泡口水,「光天化日,兩個人在房裡也那麼赤精大條的,
> 那個死婆娘騎在盧先生身上,蓬頭散髮活像頭母獅子!
> 撞見這東西,老闆娘,您家說說,晦氣不晦氣[32]?」

30 白先勇:〈花橋榮記〉,《台北人》,頁 182-183。
31 歐陽子:〈白先勇的小說世界〉,《王謝堂前的燕子》(台北:爾雅,1976 年),
  頁 21。
32 白先勇:〈花橋榮記〉,《台北人》,頁 186-187。

盧先生放棄了過去的戀人，而隨便與送衣服來的洗衣婆發生關係突顯出他的意識在時間的體驗流中的改變，阿隆·古爾維奇說：「意識本質上是時間性的；諸意識行為都是按照同時性和先後順序而有機地建立起來的[33]。」在盧先生的事例裡，我們看見他對於情慾的意識轉變，是依據在時間流中際遇性的體驗而產生，有其先後的次序，這樣意識行為的變化是際遇性的也是時間性的。

小說中老闆娘形容盧先生染了黑髮，臉上塗著雪花膏[34]，更加證明盧先生變化之大，而這樣際遇性的變化，正如同阿隆·古爾維奇所說是「是按照同時性和先後順序而有機地建立起來的」，繼而產生洗衣婦阿春在盧先生房裡偷人，盧先生遭阿春打傷的行為[35]、盧先生實在給打狠了，躺在床上動都動不得的現象[36]，而之後原本在長春國校路口和氣照顧小學生過馬路的盧先生也變了模樣，他對吵鬧並大笑的小學生大發脾氣：

> 「你這個小鬼，你也敢來欺負老子？我打你，我就是要打你！」說著他又伸手去揪那個小毛丫頭的辮子。那些小學生嚇得哭的哭，叫的叫。路上的行人都圍了過

[33] 阿隆·古爾維奇（A. Gurwitsch）著，張廷國譯：〈《意識領域》引論〉，倪梁康編：《面對事實本身——現象學經典文選》（北京：東方出版社，2000 年），頁 501-502。

[34] 白先勇：〈花橋榮記〉，《台北人》，頁 188。

[35] 白先勇：〈花橋榮記〉，《台北人》，頁 188。

[36] 白先勇：〈花橋榮記〉，《台北人》，頁 189。

去，有的哄著那些小孩子，有兩個長春國校的男老師卻把盧先生架著拖走了。盧先生一邊走，兩隻手臂猶自在空中亂舞，滿嘴冒著白泡子，喊道：

「我要打死她！我要打死她[37]！」

若我們對照小說前文盧先生耐心和氣地要小學生小心過馬路，此處的盧先生無疑是暴躁的、瘋狂的，這樣的暴躁、瘋狂來自於盧先生在時間流中的際遇性體驗，對於訂婚羅小姐等待的幻滅、被香港表哥的欺騙詐財和被阿春的背叛毆打種種體驗，讓盧先生同小說中所述及的李老頭和秦癲子一樣在現實的空間場域中墮落了、偏執了、瘋狂了。

透過老闆娘對盧先生的表述，我們可以看見一個人在時間流中的「際遇」對於其行為意識的影響變化，而這種時間流及空間場域的體驗，在某個程度上是同樣空間場域中互為主體的存有所必然共同的，如胡塞爾所說：「必然共同的是空間和時間的位置系統，它們作為個別化原則必定是表示交互主體的可知性的名稱，從而同一物性因素作為這樣一個物性因素才是可知的。而這樣一來，就連一切第一性質——持續、空間型態、相對的位置關係等——也必然是交互主體可知的了，儘管這類性質的給定方式是受感性的也是即身體——心理——物理的

37　白先勇：〈花橋榮記〉，《台北人》，頁190。

空間場域的時間性：論白先勇〈花橋榮記〉的時間表述

169

條件限制的[38]。」也就是說，在必然共同的時間及空間場域位置中的交互主體性的存有，存有本身具有差異性被可知，作為存有條件的時間及空間場域本身也因交互主體性條件而被可知，可明晰每個人存有必然共同的時間和空間場域都具有差異性才必須以交互主體的方式可知（而這種可感知的方式是「身體——心理——物理的條件」的感知），是故小說中老闆娘所表述的相同時間流中空間場域中存有的人們，雖然在同一物理時間的條件下體驗時間，但基於「身體——心理」以及場域位置的差異，使盧先生、李老頭或秦癲子在時間流的際遇和意識行為都有所不同，但卻也有類似的地方，就是從繁華到墮落，我們可以說如此的際遇是來自於小說中所表述的「必然共同的空間和時間的位置系統」，也就是同樣是廣西流徙來台北的時間和空間位置，在這場域中的人在時間流中所產生相似的境遇。

結語：人與空間的時間性

〈花橋榮記〉雖然題目標明的是「花橋榮記」這一個空間，但這一個空間牽涉到桂林的「花橋榮記」和台北的「花橋榮記」，從老闆娘第一人稱的視角，呈現了時間性的表述，「花橋榮記」這空間場域的時間性是透過空間場域中的人以及人事活動的變遷來開展，是故人是空間場域中的時間徵象，而人的時間性

---

[38] 胡塞爾：〈康德的哥白尼式革命以及這種哥白尼式轉向的意義〉，倪梁康編：《胡塞爾選集（下）》（上海：三聯書局，1997 年 11 月），頁 1191。

也在空間場域中示現出來，人的時間性最直接的是透過身體的表徵而示現出來，例如老闆娘在照片中看見學生時代的盧先生：

> 男孩子是盧先生，女孩子一定是那位羅家姑娘了。盧先生還穿著一身學生裝，清清秀秀，乾乾淨淨的，戴著一頂學生鴨嘴帽[39]。

到台灣來後年老的盧先生：

> 盧先生是個瘦條個子，高高的，背有點佝，一桿蔥的鼻子，青白的臉皮，輪廓都還在那裡，原該是副很體面的長相；可是不知怎的，卻把一頭頭髮先花白了，笑起來，眼角子兩撮深深的皺紋，看著出很老，有點血氣不足似的[40]。

除了用身體的徵象顯現出人的時間性外，就是用人所際遇的事件和人在際遇時所變化的意識行為和活動來彰顯人事時間性的同時或次序，也就是阿隆·古爾維奇所說的說：「諸意識行為都是按照同時性和先後順序而有機地建立起來的[41]。」透過意識行為的同時性或先後順序的時間性，使我們在意向他人在

---

[39] 白先勇：〈花橋榮記〉，《台北人》，頁 191-192。
[40] 白先勇：〈花橋榮記〉，《台北人》，頁 178。
[41] 阿隆·古爾維奇（A. Gurwitsch）著，張廷國譯：〈《意識領域》引論〉，倪梁康編：《面對事實本身——現象學經典文選》（北京：東方出版社，2000 年），頁 501-502。

時間流中的際遇體驗能夠明確地認知到時間性的綿延，如同小說中老闆娘意向「花橋榮記」空間場域中的自己以及他人一般，在人事變遷的時間性中理解到空間場域的時間性，但胡塞爾指出：「任何一個時空對象都必定是在一個角度上、在一個透視性映射（perspektivische Abschattung）中顯現出來，這種角度和透視幸映射始終只是單方面地使這個對象得以顯現[42]。」也就是說無論如何的表述主體或意向主體都無法全面性的表述所感知的事物，這種現象在第一人稱視角的小說尤為明顯，是故老闆娘所表述的人事受限於她的視角僅對李老頭、秦癲子和盧先生進行表述，也因為盧先生相較於李老頭和秦癲子更是桂林的同鄉，在敘述上就更加密切地表述盧先生的意識活動與際遇性的變化；老闆娘在她的視角中以這些人事變遷表述出「花橋榮記」的空間場域的時間性，是故最後老闆娘拿走過世盧先生的一幅以桂林花橋為背景的照片抵債，她說：

> 我便把那幅照片帶走了，我要掛在我們店裡，日後有廣西同鄉來，我好指給他們看，從前我爺爺開的那間花橋榮記，就在灕江邊，花橋橋頭，那個路口子上[43]。

---

[42] 胡塞爾：〈感知中的自身給予〉，倪梁康編：《胡塞爾選集（下）》（上海：三聯書局，1997年11月），頁698。

[43] 白先勇：〈花橋榮記〉，《台北人》，頁192。

整篇小說以此作結，也就是說，花橋榮記老闆娘主要表述的並不是人事的變化，而是「花橋榮記」空間場域的時間性，然而卻是透過人事的變化作為空間場域時間性的示現；我們以白先勇〈花橋榮記〉為例，說明空間場域的時間性是透過空間場域中人的時間性而呈現，而人的時間性則透過在空間場域中際遇性的體驗而示現出來，故我們可以歸納為空間場域的時間性是人在空間場域中際遇性體驗流的統一，透過〈花橋榮記〉小說情節表述的論述，我們可以澄明人處於空間場域的特定位置中如何去表述並詮釋空間場域的時間性，看見其間「人化的自然轉換成語符化的自然」[44]。

---

[44] 唐耀、譚學純所說：「小說是語言的現實。小說所反映的現實圖像，不是客觀現實本身，而是人化的自然轉換成語符化的自然。」，換言之也就是「自然」（客觀外在的自然）→「被意向的自然」（意向活動中的對象）→「人化的自然」（被意識所詮釋的自然）→「語符化的自然」（被表述成語言文本）。故小說的表述能完整呈現人對於「空間」或「空間場域」的表述或詮釋，故使本論文的討論得以可能。見唐耀、譚學純：《小說語言美學》（合肥：安徽教育，1995 年 10 月），頁 294。

符號、象徵與場域：論金庸〈白馬嘯西風〉中的符號意涵

前言

　　金庸武俠小說不僅娛樂性豐富，而且深具文化意涵，宋雪冰就曾說：「金庸小說以其豐富的文化內涵著稱於世，這也是金庸小說作為新派武俠文學的代表作的主要特徵[1]。」歷來學者對其著作的文化意義多有研究，已累積不少研究成果[2]，本

---

1 宋雪冰：〈論金庸小說的現代性文化特徵〉，《赤峰學院學報》，2001 年第 1
期，頁 94。

2 除上引文外，例如惠轉寧：〈金庸武俠小說的文化定位爭論及思考〉，《云南
電大學報》，2010 年 3 期，頁 43-48。段素峰：〈金庸小說看文學知識的活學
活用——兼談當前文學創作中對古典文化借鑒的缺失〉，《文教資料》，2010
年 23 期，頁 20-21。周倩倩：〈論「金庸熱」產生的文化語境〉，《當代小說
（下）》，2010 年 6 期，頁 46。周仲強：〈穿越道家文化的武功——金庸小說
的武學散論〉，《小說評論》，2010 年 3 期，頁 134-138。吳秀明：〈金庸武俠
小說與地域文化現代性構建——兼談地域文學在一體化進程中的文化應對
策略〉，《中山大學學報（社會科學版）》，2010 年 2 期，頁 45-52。汪梁：〈金
庸筆下韋小寶形象的文化解讀〉，《中共鄭州市委黨校學報》，2009 年 4 期，
頁 137-138。方明星：〈論金庸小說的家族文化特色〉，《韓山師範學院學報》，
2009 年 2 期，頁 89-92。胡雪峰：〈儒家文化視角下金庸小說俠義精神內涵
及其表現形式探析〉，《時代文學（下半月）》，2009 年 4 期，頁 7-8。章瀠瓊：
〈金庸小說與中國武俠文化〉，《青年文學家》，2009 年 9 期，頁 55+52。趙
言領：〈金庸小說與圍棋文化〉，《安康學院學報》，2009 年 3 期，頁 63-66。

174

文即在此基礎上，冀能以象徵及符號對金庸武俠小說中的文化及人際場域更深入的研究，本文以〈白馬嘯西風〉作為研究的文本，因為〈白馬嘯西風〉的敘事方式在金庸武俠小說中有獨特的地位，溫瑞安就指出：「『白馬嘯西風』在中國短篇武俠小說裡，有著一定的分量，這不是因為它的故事，而是因為它說故事的方法；『白馬嘯西風』在金庸作品中也佔有相當重要的位置，不是因為它的情節，而是因為它的文字[3]。」雖然〈白馬嘯西風〉在金庸小說中是一篇幅不長且較不受注目的作品，但這篇小說的敘事架構，以及其文字符號所鋪陳出來的故事情節都可看出金庸在此篇小說中所精心設計的符號意涵。

〈白馬嘯西風〉這篇小說的精彩處正是在文字符號的指涉，但歷來討論金庸小說的論文鮮少注意到此篇小說精彩的符號指涉與意涵呈現，在小說中符號的運用能夠使人物、情節鮮明的烘托或呈現出來。正如索緒爾說：「完全任意的符號比其它符號更能實現符號方式的理想；這就是為什麼語言這種最複雜、最廣泛的表達系統，同時也是最富有特點的表達系統[4]。」

王雅萌：〈淺析傳統文化對金庸小說的影響──兼論張無忌的性格塑造〉，《安徽文學（下半月）》，2009 年 7 期，頁 149-151。宋毅：〈金庸「武俠熱」現象的文化解讀〉，《廊坊師范學院學報（社會科學版）》，2009 年 2 期，頁 81-84。史媛娜：〈論金庸小說中的文化內涵〉，《安徽文學（下半月）》，2009 年 5 期，頁 14。馬金喜：〈金庸小說處所名號的文化意蘊例釋〉，《銅陵學院學報》，2008 年 5 期，頁 91-93。

[3]　溫瑞安：〈「白馬嘯西風」的善與惡〉，杜南發等：《諸子百家看金庸（四）》（臺北：遠流，1987 年 3 月），頁 159。

[4]　（瑞士）費爾迪南‧德‧索緒爾著，高名凱譯：《普通語言學教程》（北京：商務印書館，2008 年 4 月），頁 103。

符號的任意性使得文本意義得以豐富且複雜化，且當符號的指涉意義固定成文本內的象徵，在象徵與空間的交互運用構成一具有豐富符號意涵的文本場域[5]。而在〈白馬嘯西風〉中最鮮明的兩個主軸即民族差異以及對愛情的詠歎，因此本文以「民族差異的符號象徵」、「愛情的符號象徵」作為討論，來凸顯在「民族場域」以及「愛情場域」中，符號所形成的象徵意涵，進而檢視金庸〈白馬嘯西風〉中符號所形成的場域空間。

民族間的符號象徵：民族背景、高昌地圖

　　金庸〈白馬嘯西風〉主要是以漢人與哈薩克人兩個民族為背景的故事，雖然金庸其他的小說同樣也有多民族的背景，但在〈白馬嘯西風〉中，我們看見漢人強盜的行為、蘇魯克對漢人的仇視是金庸在此小說著墨相當深的部分，可見金庸有意識地想呈現兩個民族間的差異，並藉由漢人、哈薩克人的相處刻劃一個曲折引人入勝的情節。邵宗海等學者指出：「民族是許多人所共同具有的一種心理情境，它是一種主觀的現象。當許多人相信他們是屬於一體的，或者說他們之間有一種『一體感』，更確切地說，他們都覺得歸屬於同一個群體或社會時，

5　所謂「場域」，可以想像為一個具有力度的空間結構，在場域中的每個單位根據其位置與結構而有一定的力度相互影響。參見皮埃爾‧布迪厄（Pierre Bourdieu）、華康德（L. D. Wacquant）著，李猛、李康譯：《實踐與反思—反思社會學導引》（北京：中央編譯局出版社，2004 年）。

那麼可以說，一個民族存在了[6]。」換言之，民族的概念可以說不僅是種族而是一種心理現象、社會現象，而金庸對於漢人及哈薩克人兩種民族的想像，透過文字呈現於小說中，並透過小說中將現實兩種民族的符號想像凸顯出來，正如張冰所說：「文學不是對現實的反應，而僅僅是現實符號組織化了的所指[7]。」在〈白馬嘯西風〉中，我們可以看見金庸將民族所共有的符號以文字組織成具有特色的象徵，並構成小說中具有意義的場域，在此，我們可分為兩個部分討論：

民族背景

〈白馬嘯西風〉除了女主角李文秀的情感衝突所造成的情節張力外，也透過另一條主線，民族間背景的差異來襯托民族間衝突的情節，例如「漢人強盜」丁同見到哈薩克人的部落：

> 丁同見到這等聲勢，不由得吃了一驚。他自入回疆以來，所見到的帳蓬人家，聚在一起的最多不過三四十個，這樣的一個大部族卻是第一次見到。瞧那帳蓬式樣，顯是哈薩克族人。
>
> 哈薩克人載回疆諸族中最為勇武，不論男女，六七歲起就長於馬背之上。男子身上人人帶刀，騎射刀術，

6　邵宗海等：《族群問題與族群關係》（台北：幼獅，1995 年 3 月），頁 1。
7　張冰：《陌生化詩學：俄國形式主義研究》（北京：北京師範大學出版社，2000 年 11 月），頁 84。

威震西陲。向來有一句話說道：「一個哈薩克人，抵得一百個懦夫；一百個哈薩克人，就可橫行回疆。」

丁同曾聽見過這句話，尋思：「在哈薩克的部族之中，可得小心在意[8]。」

在這段文字中，金庸不直接寫出帳篷樣式，而是透過小說中漢人丁同的目光來帶出哈薩克人的特徵。正如柯恩所說：「象徵符號可以是物品、動作、關係、甚至是語句。象徵符號往往代表多重意義。可以喚起人們的感情衝動，進而驅使人們採取行動[9]。」帳篷是物品，但帳篷的形式所形成的象徵符號代表帳篷主人的身份，小說此處帳篷所形成的想像即是對哈薩克人的想像，想像哈薩克人的勇武。我們可以從漢人丁同看到帳篷的驚訝：「丁同見到這等聲勢，不由得喫了一驚。」以及其謹慎的態度「在哈薩克的部族之中，可得小心在意。」

金庸描寫漢人丁同是「晉威鏢局中已幹了十七年的鏢師。武功雖然算不上如何了得，但精明幹練……」，而如此老經驗的鏢師僅見到眾多哈薩克人的帳篷就如此驚訝謹慎，可以看出在小說中，兩個不同民族的交流間一種劍拔弩張的衝突張力。金庸在此不直接寫哈薩克人，僅著重描寫哈薩克人的帳篷，透過丁同對帳篷此物品的象徵符號之想像，我們看見小

8　金庸：〈白馬嘯西風〉，《雪山飛狐》（臺北：遠流，1981 年），頁 321。
9　柯恩（Abner Cohen）著，宋光宇譯：《權力結構與符號象徵》（台北：金楓，1987 年），頁 34。

說中漢民族與哈薩克民族間性格的差異，也就是哈薩克人相較於漢人勇武。

然而〈白馬嘯西風〉中不僅是單純在兩個民族間凸顯哈薩克人的勇武而已，例如我們在漢人女主角李文秀和哈薩克人蘇普交往的片段，可以看見和諧的一面：

> 便這樣，兩個小孩子交上了朋友。哈薩克的男性的粗獷豪邁，和漢族的女性的溫柔仁善，相處得很是和諧。
>
> 過了幾天，李文秀做了一隻小小的荷包，裝滿了麥糖，拿去送給蘇普。這一件禮物使這小男孩很出乎意料之外，他用小鳥兒換了玉鐲，已經覺得佔了便宜。哈薩克人天性的正直，使他認為應當有所補償，於是他一晚不睡，在草原上捉了兩隻天鈴鳥，第二天拿去送給李文秀。這一件慷慨的舉動未免是會錯了意。李文秀費了很多唇舌，才使這男孩明白，她所喜歡的是讓天鈴鳥自由自在，而不是要捉了來讓牠受苦。蘇普最後終於懂了，但在心底，總是覺得她的善心有些傻氣，古怪而可笑[10]。

在這段引文之前，李文秀和蘇普有一段小爭執，李文秀想要蘇普把他抓到的天鈴鳥放生，蘇普不願意，最後李文秀用玉鐲交換了天鈴鳥的自由，蘇普則承諾殺了大狼後要將狼皮送給李文秀。在此情節中，玉鐲交換天鈴鳥的自由象徵了漢族女性的溫

---

[10] 金庸：〈白馬嘯西風〉，《雪山飛狐》（臺北：遠流，1981 年），頁 333。

柔仁善，蘇普想殺大狼並送狼皮給李文秀則呈現哈薩克族男性的粗獷豪邁，金庸透過情節中的事物作為符號，以符號牽引情節的發生並聯繫起小說中兩個主要人物的情誼，並揭示了兩人個性及民族背景的差異，正是充滿符號的符號場域構成了小說文本結構與情節存在的可能，正如呂炳強說：「文本作為存在物，持久地和自主地存在於符號域之中[11]。」而這樣符號所構築的文本場域，正是小說文本內容與精華的所在。

前文述及丁同認為哈薩克人勇武，並且論述在小說文本中，玉鐲交換天鈴鳥的自由象徵了漢族女性的溫柔仁善，然漢人亦非真正柔弱：

> 就在當天晚上，霍元龍和陳達海所率領的豪客，衝進了這片綠洲之中，大肆擄掠。……在帳蓬中留守的都是老弱婦孺，竟給這批來自中原的豪客攻了個措手不及。七名哈薩克男子被殺，五個婦女被擄了去。
>
> 第四天上，哈薩克的男子們從北方拖了一批狼屍回來了，當即組織了隊伍，去找這批漢人強盜復仇。但在茫茫的大漠之中，卻已失卻了他們的蹤跡……
>
> 李文秀撲在父母的屍身上哀哀痛哭。一個哈薩克人提起皮靴，重重踢了她一腳，粗聲罵道：「真主降罰的強盜漢人[12]！」

---

[11] 呂炳強：《凝視、行動與社會世界》（台北：漫遊者文化事業，2007年6月），頁15。

[12] 金庸：〈白馬嘯西風〉，《雪山飛狐》（臺北：遠流，1981年），頁326。

漢人霍元龍和陳達海「大肆擄掠」的行為的確可稱為「強盜漢人」，金庸具體地用數字「七名哈薩克男子被殺，五個婦女被擄了去」將霍元龍等人的暴行清楚呈現，而哈薩克男子同樣勇武，金庸以「從北方拖了一批狼屍回來了」表現哈薩克人的勇武特性，最終一個哈薩克人定義了漢人是「真主降罰的強盜漢人！」因為漢人的粗暴行為，使哈薩克人將漢人冠上如此符號，金庸並想像哈薩克人的生活背景，加上了「真主降罰」，正如亨利‧柏格森所言：「小說為我描述出多少個和這一人物有關的特點，但也不過是讓我通過多少個與我已經熟悉的人和物的比較，從而對他有所認識。這些特點乃是一些符號，或多或少象徵性地表達了這個人物[13]。」小說以符號傳達意指，意指人人可在符號的建構中看見，我們從「真主降罰的強盜漢人！」這簡短的符號稱謂中，看見具有哈薩克人信仰的特徵，以及哈薩克人對於漢人的印象，漢人的行動所帶來的特性，而「強盜漢人」此符號稱謂也是在這篇小說後來屢屢出現在文本中提醒我們漢人在文本場域中的特徵。

正如柯恩（Abner Cohen）說：「社會人類學家分析象徵符號就是為了發現它們的象徵功能，其中最重要的功能之一就是把個人與群體之間的關係予以具體表現。我們可以客觀的觀察一個個人的實體，但看不到他的對外關係，這些對外界的關係唯有透過象徵符號才能瞭解，各種社會關係靠各式各樣的象

---

[13] 亨利‧柏格森（Henri Bergson）著，王復譯：〈形而上學引論（摘）〉，伍蠡甫、林驤華編：《現代西方文論選》（台北：書林，1992 年 8 月），頁 87。

徵符號才得以發展和維持，我們也靠這些象徵符號才能『看』到各種群體[14]。」小說文本所建構的社會是透過文字符號所構築的，而我們是透過文字符號去體驗小說中所有具體的人事物，亦是透過象徵符號得以讓我們理解小說中的人際關係，〈白馬嘯西風〉這篇小說中我們在金庸精心策劃的象徵符號中，很清楚地呈現漢人和哈薩克人相處時，兩個民族碰撞時所產生的衝突、和諧與差異的種種主題。

高昌迷宮的地圖的象徵意涵

〈白馬嘯西風〉這篇小說中很重要的物品是「高昌迷宮的地圖」（以下簡稱高昌地圖），因為傳說中藏著寶藏的高昌地圖引發了眾人的爭奪，才有後來李文秀居住哈薩克人部落所引發的種種情節，「高昌地圖」無疑是一個相當重要的象徵符號，它並不只是一張地圖而已，依照孫飛宇對符號的詮釋：「符號首先是一個外在客體，但是卻不會被當做一個對象，我們所關注的，是它所代表的東西。而按照胡塞爾的話來說，符號與它所代表的事物之間並無任何關係。我們瞭解一個符號，就是依據一定的詮釋圖式將它詮釋為某個他物。這樣，符號就是一種人為的產物或者行動客體，對它們的闡釋需要依據屬於其他客體的詮釋圖式。而符號體系同樣是一種意義脈絡，由詮釋圖式

---

[14] 柯恩（Abner Cohen）著，宋光宇譯：《權力結構與符號象徵》（台北：金楓，1987年），頁45。

組成，符號在其中得到理解[15]。」符號的形式和它所指涉的意涵本身沒有必然的關係，「高昌地圖」是「一塊羊毛織成的手帕[16]」，但它在小說中所函指的意義卻不僅如此，它具有攸關性命的價值，小說中一開始透過白馬李三和上官虹的對話，呈現出「高昌地圖」的價值：

> 但再奔馳數里，終於漸漸的慢了下來。
>
> 後面追來的敵人一步步迫近了。一共六十三人，卻帶了一百九十多匹健馬，只要馬力稍乏，就換一匹馬乘坐。那是志在必得，非追上不可。
>
> 那漢子回過頭來，在滾滾黃塵之中，看到了敵人的身形，再過一陣，連面目也看得清楚了。那漢子一咬牙，說道：「虹妹，我求你一件事，你答不答應？」那少婦回頭來，溫柔的一笑，說道：「這一生之中，我違拗過你一次麼？」那漢子道：「好，你帶了秀兒逃命，保全咱兩個的骨血，保全這幅高昌迷宮的地圖。」說得極是堅決，便如是下令一般。
>
> 那少婦聲音發顫，說道：「大哥，把地圖給了他們，咱們認輸便是。你……你的身子要緊。」那漢子低頭親了親她的左頰，聲音突然變得十分溫柔，說道：「我倆一

---

[15] 孫飛宇：〈論舒茨的「主體間性」理論〉收錄於謝立中主編：《日常生活的現象學社會學分析》（北京：社會科學文獻出版社，2010 年 5 月），頁 164。

[16] 金庸：〈白馬嘯西風〉，《雪山飛狐》（臺北：遠流，1981 年），頁 316。

起經歷過無數危難,這次或許也能逃脫。『呂梁三傑』不
但要地圖,他們……他們還為了你[17]。」

金庸在這段文字當中,詳細地描述白馬李三夫婦的敵人,有六
十三人並待了一百九十多匹健馬,具體數字的描述,讓讀者感
受到敵人要奪取高昌地圖的決心,然而僅有數字還不容易表現
敵人之勢,金庸透過白馬李三的視線呈現敵人追逐之勢:「在
滾滾黃塵中之中,看到了敵人的身形,再過一陣,連面目也看
得清楚了。」金庸不寫敵人越追越近,卻寫身形、面目逐漸清
晰,把敵人追逐的速度感呈現出來,並且透過白馬李三夫婦的
對話,表現出「高昌地圖」甚至比生命還重要的價值,小說中
人物的對話是以小說人物情感引導讀者對情節、對小說情境的
認知,能使讀者更貼切認識到對話所欲含括的事物,在小說此
處,我們藉由白馬李三夫婦的對話,顯現出兩人對於高昌地圖
價值的堅持,彷彿可以跟人類最寶貴的生命相比,但是,究竟
高昌地圖所繪製的是何種迷宮地圖?金庸很技巧性地掠過不
提,讓人對於高昌地圖此象徵物的理解,僅止於寶貴等同生命
或超過生命,值得六十三人和一百九十多匹健馬競逐。

　　這些追逐尋找高昌地圖的人一找找了十年,更可見此地圖
價值連城,小說中如此記載:

---

[17] 金庸:〈白馬嘯西風〉,《雪山飛狐》(臺北:遠流,1981 年),頁 316。

陳達海一心一意要得到那張高昌迷宮的地圖，他們在大漠上耽了十年，踏遍了數千里的沙漠草原，便是為了找尋李文秀，眼下好容易聽到了一點音訊，他雖生性悍惡，卻也知道小不忍則亂大謀的道理，當下向蘇普狠狠的瞪了一眼，轉頭向計老人說：「那幅話嘛，也可說是一幅地圖，繪的是大漠中一些山川地形之類。」計老人身子微微一顫，說道：「你怎……怎知這地圖是在那姑娘的手中？」陳達海道：「此事千真萬確。你若是將這幅圖尋出來給我，自當重重酬謝。」說著從懷中取出兩隻銀元寶來放在桌上，火光照耀之下，閃閃發亮[18]。

金庸並不說明高昌迷宮所藏何物，但不斷以小說場域中的人物去烘托出高昌迷宮所藏事物之珍貴，值得陳達海等人花費十年的時間在數千里的沙漠草原尋找，在這段文字當中，金庸透過漫長時間、廣闊且荒涼的空間烘托出一種眾人亟欲尋找高昌迷宮地圖的決心，蔡麗雲說過：「小說中的氣氛是一種特定情緒，通過自然環境或社會環境的描寫，營造某種特殊氛圍，而這對小說本身而言，皆可形成烘托主題或人物的效果[19]。」此處金庸透過陳達海等人的行為，陳達海當夏的心境塑造出來的氛圍正是為了烘托「高昌地圖」的價值，值得眾人花費十年功夫在荒涼沙漠草原尋找。

---

[18] 金庸：〈白馬嘯西風〉，《雪山飛狐》（臺北：遠流，1981 年），頁 316。

[19] 蔡麗雲：〈初探小說中的情節與環境〉收錄於張健主編：《小說理論與作品評析》，台北：文津，2003 年，頁 10。

然有相當大的反差的是，原來「高昌地圖」的主人李文秀並不知道這「羊毛編織手帕」是「高昌地圖」，她輕率地當成一般白布來包裹蘇普被大灰狼咬傷的傷口：

> 蘇普一愕，手撫頭頸，道：「你說這塊手帕麼？就是那死了的阿秀給我的。小時候我們在一起牧羊，有一隻大灰狼來咬我們，我殺了那頭狼，但也給狼咬傷了。阿秀就用這手帕給我裹傷……」李文秀聽著這些話時，看出來的東西都模糊了，原來眼眶中早已充滿了淚水。
>
> 計老人走進內室，取了一塊白布出來，交給蘇普，說道：「你用這塊布裹傷，請你把手帕解下來給我瞧瞧。」蘇普道：「為甚麼？」陳達海當計老人說話之時，一直對蘇普頸中那塊手帕注目細看，這時突然提刀站起，喝道：「叫你解下來便解下來。」蘇普怒目不動。阿曼怕陳達海用強，替蘇普解下手帕，交給了計老人，隨即又用白布替蘇普裹傷。
>
> 計老人將那染了鮮血的手帕鋪在桌上，剔亮油燈，俯身細看。陳達海瞪視了一會，突然喜呼：「是了，是了，這便是高昌迷宮的地圖！」一伸手便抓起了手帕，哈哈大笑，喜不自勝。
>
> 計老人右臂一動，似欲搶奪手帕，但終於強自忍住[20]。

---

[20] 金庸：〈白馬嘯西風〉，《雪山飛狐》（臺北：遠流，1981 年），頁 378-379。

在這段文字當中，我們可以看見對於「高昌地圖」這塊羊毛織的手帕而言，個人的反應不同，李文秀對於手帕的反應是相較於過去與蘇普的童年美好時光的回憶以及蘇普到現在仍隨身攜帶手帕的情誼，對於陳達海來說，手帕只是「高昌迷宮的地圖」，可以用暴力取得，計老人聽見手帕是高昌迷宮的地圖，也有心想搶奪，但終究對於「高昌迷宮」的渴望並沒有陳達海這類的人來得沈迷。羅伯特·司格勒將文本定義為：「以一種代碼或一套代碼，通過某種媒介從發話人傳遞到接受者那裡的一套記號。這樣一套記號的接受者，把它們作為一個文本來領會，並根據這種和這套可以獲得的和適合的代碼著手解釋它們[21]。」而對於「高昌地圖」手帕所構成的象徵符號，在小說中每個人以代碼（符號）接受者的位置，在自己的場域位置上（包含小說中時間和空間的場域）進行自己的解讀，當然「高昌地圖」所象徵尋找高昌迷宮的主要意涵仍不變，但每個人卻是依照自己的場域位置、詮釋視角，給予此象徵物不同的詮釋，產生不同的情緒和行動反應，胡塞爾曾指出在意向活動中[22]：「對象的每一個角度自身都指向一種連續性，即可能的心感知的多種連續，恰恰是在這種連續中，這同一個將對象會不斷地展現出新的面[23]。」指出我們對於意向對象的認知將有很多個

---

[21] 羅伯特·司格勒斯著，譚大立、、龔見明譯：《符號學與文學》（北京：春風文藝出版社，1988 年），頁 131。

[22] 意識主體對認識對象的意識活動。

[23] 埃德蒙德·胡塞爾著、倪梁康、張廷國譯：《生活世界現象學》，上海、譯文出版，2002 年 6 月，頁 48。

面相，然而相較於象徵符號而言，象徵符號即使在小說情境中也是共通被使用的，但象徵符號卻可以因為場域位置的差異，視角的不同，而有些微的含義變化。

然而眾多漢人強盜所想要的「高昌地圖」卻沒有什麼寶藏，小說中寫道：

> 瓦耳拉齊吃吃的笑個不停，說道：「其實，迷宮裡一塊手指大的黃金也沒有，迷宮裡所藏的每一件東西，中原都是多得不得了。桌子，椅子、床、帳子，許許多多的書本，圍棋啦、七絃琴啦、灶頭、碗碟、鑊子……什麼都有，就是沒有珍寶。在漢人的地方，這些東西遍地都是，那些漢人卻拼了性命來找尋，嘿嘿，真是笑死人了。」
>
> 李文秀兩次進入迷宮，見到了無數日常用具，回疆氣候乾燥，歷時雖久，諸物並未腐朽，遍歷殿堂房舍，果然沒見到過絲毫金銀珠寶，說道：「人家的傳說，大都靠不住的，這座迷宮雖大，卻沒有寶物。唉，連我的爹爹媽媽，也因此而枉送了性命[24]。」

高昌迷宮裡所藏的東西，都是小說裡中原漢人裡多得不得了的東西，原本寶藏地圖應該指示價值連城的藏寶地點，這才是藏寶地圖的價值所在，然而金庸在小說中推翻了大家對於「藏寶

---

[24] 金庸：〈白馬嘯西風〉，《雪山飛狐》（臺北：遠流，1981 年），頁 378-379。

地圖」此文字符號的普遍認知，先烘托了一個眾人花費無數時間、心血所想奪的珍貴藏寶圖，最終卻揭露出藏寶圖的真實情況顛覆了讀者們對於寶藏的想像。

綜觀小說中對於「高昌迷宮的地圖」的情節，金庸先細心烘托了「藏寶地圖」的珍貴，然後描寫眾人對於「高昌地圖」的不同反應，使「高昌地圖」的具體形象深刻於讀者心中，最後卻在寶藏的反差下，使讀者對於「高昌地圖」的符號產生多樣且深刻的認識。

愛情的符號象徵：天鈴鳥、玉鐲、毛皮

金庸所創作的雖然是武俠小說，但其中內容普遍重視愛情的描寫，陳墨就指出：「金庸小說的重點，仍放在愛情與個性心理的發掘、揭示、表現上[25]。」陳墨繼續說道：「金庸小說的愛情描寫不僅數量多，而且質量高。它不僅涉及了愛情與人性、愛情與人物個性、愛情與人物心理及其價值取向、愛情與人命運等等關係；還展示了愛情與道德、與倫理、與義、與婚姻、與性、與家庭、與文化傳統、與社會價值等各方面的矛盾衝突。在這一意義上，金庸的武俠小說堪稱是愛情的『大百科』[26]。」可見金庸在小說中對於愛情的描寫著力極深，而且描寫細緻，〈白馬嘯西風〉除了以「高昌迷宮的地圖」為主

---

[25] 陳墨：《視覺金庸》（臺北：遠流出版社，2001 年），頁 49。
[26] 陳墨：《視覺金庸》（臺北：遠流出版社，2001 年），頁 49。

軸外,另外李文秀對於蘇普一相情願的愛情也是小說中重要的情節。金庸主要透過「玉鐲」及「狼皮」兩種象徵事物來表述李文秀和蘇普之間的情誼,以下分別論述之。

玉鐲與荷包

在〈白馬嘯西風〉中,玉鐲是李文秀和蘇普兩個人最早情誼的象徵物,起源是蘇普抓了一隻天鈴鳥,李文秀不忍,想改天縫一隻荷包交換天鈴鳥的自由,但蘇普不肯:

> 那男孩玩弄著天鈴鳥,使牠發出一些痛苦的聲音。李文秀道:「你把小鳥兒給了我,好不好?」那男孩道:「那你給我什麼?」李文秀伸手到懷裡一摸,她什麼也沒有,不禁有些發窘,想了一想,道:「趕明兒我給你縫一隻好看的荷包,給你掛在身上。」那男孩笑道:「我才不上這個當呢。明兒你便賴了。」李文秀脹紅了臉,道:「我說過給你,一定給你,為什麼要賴呢?」那男孩搖頭道:「我不信。」月光之下,見李文秀左腕上套著一隻玉鐲,發出晶瑩柔和的光芒,隨口便道:「除非你把這個給我。」
>
> 玉鐲是媽媽給的,除了這隻玉鐲,已沒有紀念媽媽的東西了。她很捨不得,但看了那天鈴鳥可憐的樣子,終於把玉鐲褪了下來,說道:「給你!」
>
> 那男孩沒想到她居然會肯,接過玉鐲,道:「你不會再要回吧?」李文秀道:「不!」那男孩道:「好!」於

是將天鈴鳥遞了給她。李文秀雙手合著鳥兒，手掌中感覺到牠柔軟的身體，感覺到牠迅速而微弱的心跳。她用右手的三根手指輕輕撫摸一下鳥兒背上的羽毛，張開雙掌，說道：「你去吧！下次要小心了，可別再給人捉住。」天鈴鳥展開翅膀，飛入了草叢之中。男孩很是奇怪，問道：「為什麼放了鳥兒？你不是用玉鐲換了來的麼？」他緊緊抓住了鐲子，生怕李文秀又向他要還。李文秀道：「天鈴鳥又飛，又唱歌，不是很快活麼[27]？」

這段引文當中，我們看到玉鐲原本是李文秀紀念媽媽的東西，李文秀為了救天鈴鳥，將之轉贈給蘇普，原本「玉鐲」是中介「李文秀──媽媽」的情感，轉換為中介「李文秀──蘇普」的情誼，正如胡塞爾說：「物是一種物質物（res materialis），它是一實質的統一物，而且因此它也是一個諸因果關係的統一體，具有無限多種多樣的可能性[28]。」玉鐲是一物質物，但它在小說中的人際場域內結構起其因果，結構起人際間多樣可能性的情誼，蘇普好奇李文秀把交換來的天鈴鳥釋放掉，但由此更可看見李文秀的善良，兩個人就此展開了一段童年的情誼。多年以後李文秀女扮男裝與蘇普相遇，詢問起那隻玉鐲狀況：

[27] 金庸：〈白馬嘯西風〉，《雪山飛狐》（臺北：遠流，1981 年），頁 330。

[28] 胡塞爾著，李幼蒸譯：《純粹現象學通論》（台北：桂冠，1994 年 8 月），頁 400。

忽然間，遠處有一隻天鈴鳥輕輕的唱起來，唱得那麼宛轉動聽，那麼淒涼哀怨。

蘇普道：「從前，我常常去捉天鈴鳥來玩，玩完之後就弄死了。但那個小女孩很喜歡天鈴鳥，送了一隻玉鐲子給我，叫我放了鳥兒。從此我不再捉了，只聽天鈴鳥在半夜裡唱歌。你們聽，唱得多好！」李文秀「嗯」了一聲，問道：「那隻玉鐲子呢，你帶在身邊麼？」蘇普道：「那是很久很久以前的事了，早就打碎了，不見了。」

李文秀幽幽的道：「嗯，那是很久很久以前的事了，早就打碎了，不見了。」

天鈴鳥不斷的在唱歌。在寒冷的冬天夜晚，天鈴鳥本來不唱歌的，不知道它有甚麼傷心的事，忍不住要傾吐[29]？

蘇普因為天鈴鳥而追憶起過去童年時與小女孩李文秀的情誼，玉鐲對於兩人而言，仍象徵過去童年時交往的情誼，但隨著「情誼象徵物」的玉鐲在很久很久以前打碎了，在李文秀幽幽的語氣中，彷彿情誼也跟著時間消逝。金庸在此段文字中，很巧妙地用「玉鐲」的破碎和彷彿陌生人的兩人對話，將過去時間中消逝的情誼幽幽地描述出來。

若說「玉鐲」僅止於描述兩人的情誼，那「狼皮」作為情感的象徵符號就確定傳達愛情了，請看小說中寫道蘇普江第一次獵到的狼皮送給李文秀後，其父親的反應：

---

[29] 金庸：〈白馬嘯西風〉，《雪山飛狐》（臺北：遠流，1981 年），頁 330。

「你的狼皮拿去送給了那一個姑娘？好小子，小小年紀，也懂得把第一次的獵物拿去送給心愛的姑娘。」他每呼喝一句，李文秀的心便劇烈地跳動一下。她聽得蘇普在講故事時說過哈薩克人的習俗，每一個青年最寶貴自己第一次的獵物，總是拿去送給他心愛的姑娘，以表示情意。這時她聽到蘇魯克這般喝問，小小的臉蛋兒紅了，心中感到了驕傲。他們二人年紀都還小，不知道真正的情愛是什麼，但隱隱約約的，也嘗到了初戀的甜蜜的苦澀。

　　「你定是拿去送給了那個真主降罰的漢人姑娘，那個叫做李什麼的賤種，是不是？好，你不說，瞧是你屬害，還是你爹爹的鞭子屬害[30]？」

　　在小說的人際場域中，蘇普是屬於哈薩克人，小說中說「哈薩克人的習俗，每一個青年最寶貴自己第一次的獵物，總是拿去送給他心愛的姑娘，以表示情意。」不論這是否為真實哈薩克人的習俗，金庸在小說中描述了這樣的社會習俗，透過第一次獵物作為愛情情感的象徵來傳達心意，柯恩說：「靠著客觀表現各種社會地位和關係，象徵符號達到一個穩定而且持久的程度，假若缺了它，社會生活就不能存在[31]。」象徵符號構成人際活動中一個穩定交流的系統，而這個系統也成立於小說中哈

[30] 金庸：〈白馬嘯西風〉，《雪山飛狐》（臺北：遠流，1981 年），頁 330。
[31] 柯恩（Abner Cohen）著，宋光宇譯：《權力結構與符號象徵》（台北：金楓，1987 年），頁 46。

薩克族人的愛情表現上，蘇普將第一次獵物的狼皮送給李文秀，透過此象徵符號系統，表達了自己的愛意。

但蘇普也因此受到敵視漢人的父親毆打，李文秀捨不得蘇普挨打，悄悄將灰狼皮送給阿曼，阿曼則因為狼皮誤解了蘇普的愛情並贈送了回禮：

> 過了些日子，車爾庫送來了兩張精緻的羊毛毯子。他說：「這是阿曼織的，一張給老的，一張給小的。」
>
> 一張毛毯上織著一個大漢，手持長刀，砍翻了一頭豹子，遠處一頭豹子正挾著尾巴逃走。另一張毛毯上織著一個男孩，刺死了一頭大灰狼。那二人一大一小，都是威風凜凜，英姿颯爽。蘇魯克一見大喜，連讚：「好手藝，好手藝！」原來回疆之地本來極少豹子，那一年卻不知從那裡來了兩頭，危害人畜。蘇魯克當年奮勇追入雪山，砍死了一頭大豹，另一頭負傷遠遁。這時見阿曼在毛毯上織了他生平最得意的英勇事蹟，自是大為高興。
>
> 這一次，喝得大醉而伏在馬背上回家去的，卻是車爾庫了。蘇魯克叫兒子送他回去。在車爾庫的帳蓬之中，蘇普見到了自己的狼皮。他正在大惑不解，阿曼已紅著臉在向他道謝。蘇普喃喃的說了幾句話，全然不知所云，他不敢追問為什麼這張狼皮竟會到了阿曼手中。第二天，他一早便到了那個殺狼小丘去，盼望見到李文秀問她一問。可是李文秀並沒有來[32]。

---

[32] 金庸：〈白馬嘯西風〉，《雪山飛狐》（臺北：遠流，1981 年），頁 330。

阿曼的回禮是毛毯，毛毯上的圖片象徵蘇魯克及蘇普的英勇事蹟，而毛毯也代表對情人的謝意以及情人父親的敬意，因為這樣贈禮、回禮的符號系統，奠定了蘇普和阿曼兩人的愛情關係，雖然小說中僅是簡單陳述這樣的符號象徵系統而產生愛情，除了這非小說的主軸外，也強調符號象徵在人際場域中相當重要，它甚至影響了人類情感的交流與展開。

結語

　　金庸〈白馬嘯西風〉這篇小說，以民族差異、愛情的堅定與惆悵作為主軸，以雙主軸的方式呈現情節，本文檢索了小說中關於民族間差異的符號以及愛情的象徵符號進行論述，主要情節的進行與轉折，我們都可以在象徵符號的意涵中看見，金庸善用情境的烘托、人物對話以及象徵物三者的搭配，使象徵符號在小說中人際場域中得到相當重要的指涉以及意義，這樣的象徵，也能使讀者更能抓緊小說中的主題、重點，使文字符號、語言、意義能夠在小說文本中緊密結合，正如皮亞杰說：「在語言中起作用的基本關係，乃是符號和意義之間的對應關係。種種意義合成的整體，自然地形成一個似區別和對立關係為基礎的系統，因為這些意義相互之間是有聯繫的；而且還形成一個共時性的系統，因為這些意義之間是相互依存的關

係[33]。」符號在小說語言文字中相當重要，有序的符號群帶來意指，構成情節，構成有意義的文本場域，而符號中的象徵，而且這些符號象徵必然在場域中相互搭配，互相依存，使小說文本的結構得以前後呼應，形成一完整有主題、有意義的情境。透過本文析論〈白馬嘯西風〉這篇小說，希望能更清楚小說中象徵符號與文本場域間的關係，也能夠更透析金庸此篇小說精心策劃的象徵結構。

---

[33] （瑞士）皮亞杰著，倪連生、王琳譯：《結構主義》（北京：商務印書館，2009年4月），頁64。

情與眼：鍾理和小說〈蒼蠅〉中愛情意識的視覺與聽覺感官表述之現象學討論

摘要

　　鍾理和〈蒼蠅〉這篇小說以第三人稱限知觀點來敘述主角的愛情意識，以主角視角為主要敘事視角但卻也刻意與主角炙熱的愛情意識保持觀察的冷靜距離，這樣冷靜的「審美距離」使得者對小說中主角愛情示現的審美體驗成為可能。欲解析〈蒼蠅〉小說中的表述結構，可藉由視覺的表述以及愛情的示現兩方面來釐清，從意向主體、意向對象的視覺以及視覺中所示現的情感來探討小說中愛情意識的表述，並旁及聽覺，最後透過感官的表述，來注視〈蒼蠅〉小說裡主角愛情意識中的意向活動及脈絡。

前言：注視中的注視

　　有人說鍾理和的文學非常貼近他的真實的真實人生行程，[1]表示鍾理和的文學作品本質上是對自我生命體驗的表述，換言

---

[1]　見〈編者序〉，《鍾理和全集1》（臺北：客委會，2001 年），序頁 5。

之，鍾理和作品中的情感思想是奠基於鍾理和自我的體驗而非僅奠基於作者的想像，然而「小說的藝術世界是對生活現實的重鑄與昇華，是一種情感化審美化了的變形世界，作家必然要對繁瑣雜亂的生活流程進行梳理、取捨、分切與重組，使之成為和諧有序的藝術整體。」[2]小說不但貼近作者的真實生活，而且在小說的創作過程中為了凸顯作者的表述意識，[3]而在小說表述中對現實重新架構，是被審美化和情感化的表述空間，是一個被意義界定的文本視域，因此小說相較於雜多性的世界會更加貼近與澄明作者所認知的真實，[4]例如我們在鍾理和作品〈蒼蠅〉中，可澄明鍾理和對於愛情意向活動的表述。[5]

---

[2]　周書文。《小說的美學建構》（天津：百花文藝出版社，1997），216。

[3]　生命的存有是透過示現來澄明自我的存有，而語言的「表述」則是人類示現的常用方式，小說的本質則是透過虛擬的「我」的表述示現作者「我」的意識，也就是「擬我表述」的形式來作為作者表述的示現，

[4]　胡塞爾指事物本身都具有雜多性，他說：「這個雜多性是指同一個形式所具有的在時間上延續著的、在變化和保持這兩個概念的意義上始終互相過渡的具體雜多性，這個雜多性（無論它是自為地，還是連同相同構造的確定相屬的雜多性一起）被包含在被因果性的統一之中。」這個世界是建構在時間的綿延與空間的廣袤之上，在這兩種意義上始終存在著具體雜多性，而使人可以從多視角去意向事物的本質，換言之，人必須從雜多性的世界去獲得意義的統一。但相較之下，小說的世界本身被作者的意識統一而澄明，雖然語言的表述本身仍有雜多性的可能，但與世界物相較較為明晰。見艾德蒙特‧胡塞爾著。《邏輯研究‧第二卷，第一部份 現象學與認識論研究》倪梁康譯（臺北：時報文化，1999），263。

[5]　畢普塞維克說：「從胡賽爾的立場來看，一個對象乃是在意向活動中被構成為對象的。」也就是說「意向活動」是一意向主體對意向客體（意向對象）認知的認識活動，見畢普塞維克著。《胡賽爾與現象學》廖仁義譯（臺北：桂冠，1911），110。

而〈蒼蠅〉這篇小說以第三人稱限知觀點來敘述，馮憲光說：「作為典型的敘事性文本，小說的結構方式主要由敘事視角和敘事時間兩部分構成。」[6]鍾理和選擇了第三人稱限知觀點作為〈蒼蠅〉小說的敘事視角，[7]以主角視角為主要敘事視角但卻也刻意與主角炙熱的愛情意識保持觀察的冷靜距離，這樣冷靜的「審美距離」使得者對小說中主角愛情示現的審美體驗成為可能，[8]而這種審美體驗也就是閱讀的「視域融合」，[9]換句話說，作品敘事視角形成讀者的視域，然而作品的敘事視角亦表述出主角的視角，也就是說當主角在注視敘事情節中的愛情時，讀者也透過主角的注視去注視主角所意向的愛情，[10]換

---

[6] 馮憲光。《審美意識形態的文本分析》（成都：四川大學出版社，2001），287。

[7] 在〈蒼蠅〉這篇短篇小說中，敘事時間非常明確，故在此存而不論。

[8] 戚廷貴說：「所謂『審美距離』是指審美主體與審美客體在空間、時間和心理上存在的間隔。有了這種審美的距離，審美主體才會有藝術的眼光，排除實用功利、科學價值等外部干擾，步入藝術的欣賞勝地。」在此使指讀者對於小說中愛情的審美，透過表述視角所刻意營造的審美距離使讀者能排除外在的或主角主觀的干擾，步入純粹審美的欣賞勝地。見戚廷貴。《美學原理》（長春：東北師範大學出版社，2006），396。

[9] 帕特里夏·奧坦伯德·約翰遜：「伽達默爾當將前視域同過去視域相結合的狀態稱為視域融合（fusion of Horizons/Horizontverschmelzung）。他說，這個過程是一個新與舊在其中共同成長的過程。在這種成長中，新的意義發展著。」在此指讀者的前視域與閱讀文本的過去視域（截斷時間、框定空間）結合，而所發展的一個新的意義視域。見（美）帕特里夏·奧坦伯德·約翰遜著。《伽達默爾》何衛平譯（北京：中華，2003），44。

[10] 此處的「意向」，是胡塞爾現象學中意向的說法，洪漢鼎說：「意識行為（意向作用）與意向對象（意向對象）的關係構成了胡塞爾現象學意向性的結構。」也就是說「意向」是意識主體（意向主體）對意識對象（意向對象）所產生的意識活動（意向活動），在〈蒼蠅〉小說中，主角的意向活動就是「他」（意向主體）對「她」（意向對象）產生的「愛情意識行為」（意向活動）。

言之，就是讀者透過閱讀所進行的「視域融合」去理解主角注視所產生的意向活動，這過程本質上就是注視的注視，是融合視域中的視域；我們在注視的視域中看見現象，但我們並不是去純粹理解一個雜多性的小說世界，而是在作家鍾理和意識梳理、取捨、分切與重組中所統一於主角愛情意識的視域，更精確地說，我們在注視中的注視體驗到主角關於愛情的視域，因此欲解析〈蒼蠅〉小說中的表述結構，可藉由視覺的表述以及愛情的示現兩方面來釐清，從意向主體、意向對象的視覺以及視覺中所示現的情感來探討小說中愛情意識的表述，並旁及聽覺，最後透過感官的表述，來注視〈蒼蠅〉小說裡主角愛情意識中的意向活動及脈絡。

他的愛情意識與視覺意向活動

〈蒼蠅〉小說一開始以主角「他」視覺中的「她」作為敘事的奠基，而小說敘事情節的鋪展，就是從主角「他」的視覺所揭露地愛情意識活動，這愛情意識的活動表述，是從「他」對「她」的注視開始的：

> 臨走時，她回首送了他一個魅人的眼波，這裡面表示著什麼，他充分明白。她是以她的整個靈魂，以她最寶貴

見洪漢鼎。《重新回到現象學的原點：現象學十四講》（臺北：世新大學，2008），189。

的東西，化作這回首一瞥送給他的。這裡包藏著她所能獻給他的一切：熱戀、恩愛，以及那觸到人心深處的處女的芳心。[11]

在這一小段不但表現出「她」對「他」的注視，而且「他」也同樣注視著「她」，「他」注視「她」的眼波，我們在表述中看見主角「他」只對注視中的愛情進行詮釋，這也是主角奠基於主體的愛情意識所侷限的視角，李明明說：「人對事物的觀察必有其視角，由此而形成的視界是人面向自然的具體化。[12]」主角「他」所觀察的視角是奠基於其愛情意識，故以此視角所形成的視界（視域）是主角的意向主體面對外在世界的意識具體化，也就是視域所看見的事物是被意向主體所意義充實的，[13]「他」將所見的事物「眼波」轉化為具有「愛情意識」的記號意義的表達，在此我們可以用下表說明兩者的關係：

[11] 鍾理和。〈蒼蠅〉，載於《鍾理和全集 1》鍾理和（臺北：客委會，2001），47。

[12] 李明明。〈藝術批評的本與末〉載於《形象與言語：西方現代藝術平論文集》，李明明（臺北：三民，1992），3。

[13] 李幼蒸：「一般來說表達記號這個知覺物正是通過意向作用「激活」（erregt）而被賦予意義的，這也記受所謂意義充實行為。換言之，具體的表達顯相在意義激活作用下獲得了直觀性的意義充實，遂成為有意指功能的表達，而不在只是死的知覺物。」在此，女子的眼波是一個明確的「記號」，而這個記號被意向主體的「他」所意義充實，而成為具有愛情意識意指表達的功能，換言之，女子的眼波是一個記號的表述，「他」的眼睛則是作為一個感知的奠基去意向此記號，並將記號規定了意義。見李幼蒸。《語義符號學——意義的理論基礎》（臺北：唐山，1997），155。

	主體（對象）	動作	動作意義
她	意向對象	眼波	眼波形成記號的示現。
他	意向主體	注視（注視眼波）	感知「記號」並規定記號的意義。

　　小說主角「他」以注視壓縮了「他」與「她」的距離，獲得「眼波」記號所示現的愛情意義而被表述出來，[14]而而「眼波」記號雖然包含著許多所指涉的意指，但這些意指都是統一於「他」對於「她」的愛戀形象，奠基於「他」注視「眼波」的意向活動，也就是在戀人關係結構中，不論出自於意向對象或意向主體來詮釋記號「眼波」，記號「眼波」在現象上都被給予了「戀愛意識示現」的意指，延伸出「他」注視「她」離開的意向感知敘述：

　　她輕輕地走了。那豐滿的肩頭，優美的腳踝；那娉婷的背影，清藍的衫裙帶起一陣似夢似幻不可捉摸的香風。[15]

14　沙特說：「我和被注視者的距離現在存在著，但是這距離被我的注視抽緊、圍定和壓縮，『距離──對象』這總體像是注視以世界基質中的『這個』的方式閃現其上的基質──另一方面，我的態度表現為一系列用來『保持』這注視的手段。」眼睛是人類意向他人的最重要的感官，也就是我們在意向活動中通常是注視著他者，注視著他者使「我」和「他者」的距離為注視所抽緊、壓縮，因為「意向」以及被給予的意義緊密聯繫起「我」與「他者」的距離，在此，沙特說的「我的態度表現為一系列用來『保持』這注視的手段。」是指以我的意識（意向行為）是保持注視手段以及與「他者」保持緊的意向關係的手段；小說中「他」就是以他表述出來快樂、熱愛的意識去「注視」她所示現的符號，而呈現兩人熱戀的氛圍。見沙特著。《存在與虛無（下）》陳宣良等譯（臺北：久大，1990），383。
15　鍾理和。〈蒼蠅〉，《鍾理和全集 1》，47。

鍾理和雖然以第三人稱視角來表述但視角卻緊跟隨著「他」的視角去表述「他」在愛情意識中所意向到的「她」的形象，因此表述中充滿主觀美感的陳述，透過注視的感知定義「她」存有的特色具有一切女性的美好徵象：「輕輕地，豐滿的，優美的，娉婷的，一陣似夢似幻不可捉摸的香風」，透過這樣具有美感的感知表述烘托出在戀愛中美好關係的「互為主體性」，也就是倪梁康所說「交互主體性」，倪梁康說：「所謂『交互主體性』的問題，籠統地說，就是本己自我在構造出事物和由這些事物所組成的自然視域之後，如何再通過立義構造出他人以及由他人所組成的社會視域的問題。」[16] 在此小說中的「他」在自然視域中對注視「她」給予本身愛情意識的立義，而構成在愛情的社會視域中的互為主體性結構，我們都知道小說中「他」和「她」是戀人的關係，但在由「他」所意向的愛情社會視域的表述中，我們能更澄清「他」愛情意識所呈現的現象，也就是我們從「他」的注視中察覺到「他」愛情意識的示現，意識情感規定「注視」的方向，「注視」的意識示現意識情感的本質，這也就是「情」與「眼」的最基礎的關係。

　　當我們釐清「情」與「眼」的基礎關係時，我們在閱讀情人間四眼相望的表述時，就更能理解其中的奧秘：

---

[16] 倪梁康。《意識的向度：以胡塞爾為軸心的現象學問題研究》（北京：北京大學出版社，2007），137。

四隻眼睛相對，兩顆心融會在一起了。微笑由兩人的口角漾開。[17]

我們前文已經明晰「眼波」為愛情意識示現的記號以及「情」與「眼」的基礎關係，這段文字在互為主體的結構下去意向對方的「眼波」，愛情意識使自身的「眼睛」成為自身愛情的示現，同樣愛情意識也規定他們游目去注視戀人的眼睛，使戀人的眼睛成為對自我愛情意識的示現，這樣的過程正好可區分為三個階段，如下表：

階段	意向活動內容
一	互為主體中的「眼波──眼睛」的意向活動。
二	透過「情與眼」領會到愛情意識的統一。
三	以「微笑」作為愛情意識愉悅的身體示現。

使他們確認彼此的關係是建立在互為主體中「眼波──眼睛」愛情意識的示現，他們認知彼此存有的關係是透過「眼睛」的感知以及「眼波」的示現而詮釋彼此的愛情意識，據此，鍾理和用「兩顆心融會在一起了」來表述小說中他們透過「情與眼」領會到愛情意識的統一，[18]鍾理和並以「微笑由兩人的口

---

[17] 鍾理和。〈蒼蠅〉，《鍾理和全集1》，51。

[18] 倪梁康說：「主體之間的互識必須通過意義解釋和意義製作來進行。一個主體及其行為要想被另一個主體認識，就必須進行賦予意義（製作意義）的活動。」此處「他」與「她」的互識並不是單純建立在「看」的動作，而是愛

角漾開」的表情作為兩人愛情意識愉悅的身體示現，而這樣的表述本身也是視覺性的，我們可以證實在愛情意識的意向活動中，眼睛是一個相當重要的意向感知的感官，因為它一方面是意向感知的奠基一方面又是意識的示現。

她以及眼波記號的示現

前文說過〈蒼蠅〉這篇小說是以第三人稱限知觀點來寫，主要敘事角度跟隨著主角「他」的意識移動，因此對小說中女主角「她」的視覺活動表述多是對「他」的意識示現，如小說中第一段：

> 臨走時，她回首送了他一個魅人的眼波，這裡面表示著什麼，他充分明白。[19]

雖然「她」的眼波也是對「他」的感知，但在此處作者只強調「眼波」的意義示現，作為兩人意識訊息傳遞的奠基，眼睛作為身體的一部份在感知世界的同時也表現「它自己」，這也就是克羅德‧勒佛所說：「即我的身體既是能見者（voyant）又

情意識的意義賦予。見倪梁康。《意識的向度：以胡塞爾為軸心的現象學問題研究》，148。

[19] 鍾理和。〈蒼蠅〉，《鍾理和全集1》，47。

是可見者（visible）。[20]」小說中「她」的眼睛即是一個「可見者」的示現，「眼睛」同身體其他部分的功能一樣可以示現身體的主體意識，如：

> 他們眼睛朦朧而恍惚，像醉酒的人半閉著；興奮後的疲勞淡淡地刻在他們那微紅的臉孔上。[21]

此處藉著「眼睛朦朧而恍惚」來表現兩人接吻後的「身體——主體」的身體意識，叔本華說：「意志是身體之先驗地認識，而身體是意志之後驗地認識。[22]」在上引的小說段落中，我們從小說人物眼睛、臉孔所示現的表象認識小說人物在戀愛接吻後的身體感知及神情意識，而眼睛「看」的動作，除了意向感知外，也可以藉由「看」的身體動作示現，來表現想要理解對方經驗的企圖：

> 「有沒有人看見你來？」她問他，抬頭看他的眼睛。[23]

在〈蒼蠅〉中男女主角對話的部分，僅有這一句問句強調了「她」看「他」，此處強調眼睛的意向感知行為來凸顯女主角「她」

---

20 克羅德‧勒佛（Claude Lefort）著。〈序〉載於梅洛龐蒂（Maurice Merlcau-Ponty）著。《眼與心》龔卓軍譯（臺北：典藏藝術家庭，2007），81。

21 鍾理和。〈蒼蠅〉，《鍾理和全集 1》，50。

22 叔本華（Arthur Suhopenhauer）著。《意志與表象的世界》林建國譯（臺北：遠流，1989），128。

23 鍾理和：〈蒼蠅〉，《鍾理和全集 1》（台北：客委會，2001 年），頁 50。

206

對於問題的急迫性，[24]凸顯女主角「她」對於問題的急迫性則是用以表述女子對於戀情被他人注視的羞怯感。故在此處的「看」或許可以作為一個意向感知的行為，但在本質上呈現更多對於主體意識急迫、羞怯感的示現。

女主角的「眼波」很明確地作為意義的示現可以從小說後半部他們熱吻分離以後的敘述看見：

> 她和她的嫂嫂則在迴廊上聊天。兩個女人都漠然地看了他一眼，在她那陌生人似的冷淡做作的眼睛裡，似乎在告訴他：親愛的，明天見；今天就這樣完了！[25]

因為他們的戀情害怕被他人注視、發現，故女主角在此的「眼波」故意如他人一樣冷淡漠然，而小說跟隨著男主角的視角解讀女主角漠然的眼波是刻意的，並作為：「親愛的，明天見；今天就這樣完了！」的表示，因此很明顯地女主角的眼睛在此是作為對男主角「他」的意義示現，我們可以以下表分析小說中「她」的眼睛意義：

---

24 鄭金川說：「人以自己的身體為中心，透過周遭的生活環境來認識世界。」強調「看」的身體感即表現出「身體——主體」意識的迫切認識的渴望。見鄭金川。《梅洛龐蒂的美學》（臺北：遠流，1993），36。斯塔羅賓斯基更指出「注視」的急迫性，他說：「在所有感官中，注視最具有急迫性，其表達方視野最為明顯。」見郭宏安。《從閱讀到批評——「日內瓦學派」的批評方法論初探》（北京：商務印書館，2007），240。

25 鍾理和。〈蒼蠅〉，《鍾理和全集 1》，52。

小說中有關「她」的眼睛的敘述	意義
臨走時,她回首送了他一個魅人的眼波	對「他」的意義示現
他們眼睛朦朧而恍惚,像醉酒的人半閉著;	身體感知及意識的示現
「有沒有人看見你來?」她問他,抬頭看他的眼睛。	除意向感知外,也可以藉由「看」的身體動作示現,來表現想要理解對方經驗的企圖。
她那陌生人似的冷淡做作的眼睛裡,似乎在告訴他:親愛的,明天見;今天就這樣完了!	對於「他」的意義示現。

　　在上表的整理,我們可以看見小說中「她」的眼睛多半是作為意識表述的意義示現,[26]事實上,人的身體因意識在空間能動而表現出自我的「身體圖式」[27],透過「身體圖式」向物體、他人、事物開放,[28]而女主角「她」的眼睛作為身體的一部份,同樣也是對他人所開放,讓他人在注視的意向行為中由眼睛認識到「她」,而且是認識到「她」的「身體——主體」的意識示現,據此,在〈蒼蠅〉小說中女主角「她」的「眼睛」被當成「身體圖式」之一部分而對「他」開放,形成表述意識的意義示現的記號是確定的。

---

[26] 小說中女主角「她」的眼睛不作為感知意向的表述原因在前已述及,就是因為本篇小說是第三人稱限知觀點,跟隨著主角「他」作為視角的表述。

[27] 馮雷說:「身體圖式是一種表示我的身體在世界上的存在的方式。身體不像其他事物那樣在空間之中,身體既不在空間之內,又不在空間之外包圍空間。這樣的身體不是一個消極的物體,而是能動地在世界中活動,在世界中落腳,在世界中給自己方向,並賦予世界以意義。梅洛——龐蒂把這種現象學意義上的身體稱為『身體——主體』。」見馮雷。《理解空間:現代空間觀念的批判與重構》(北京:中央編譯出版社,2008),52。

[28] 余碧平:《梅羅龐蒂歷史現象學研究》(上海:復旦大學出版社,2007),89。

聽覺意向活動的表述

在人類意向活動的意向弧中[29]，眼睛是被運用最廣泛的感官，因為人的身體佔有空間，而視覺可以直接感知到空間，人可以透過眼睛直接感知到在空間存有的人、事、物，但就聽覺而言，人透過耳朵先必須感知到聲音，再意識到發出聲音的人或物，因此以在人類的意向活動當中，聽覺的使用及表述頻率不如視覺頻繁，但聽覺和視覺有著相當大的差異性而使聽覺不亞於視覺的重要，特倫斯‧霍克斯說：「聽覺符號在特徵上與視覺符號有本質的不同。前者把時間而不是空間作為主要的結構力量。後者使用空間而不使用時間。」[30]我們難以在視覺所見的空間物中感知到時間，但我們從聽覺符號的連續可以輕易感知到時間的綿延，[31]除了聽覺可以感知時間的綿延外，也能感知到視覺看不到的空間，簡政珍就說：「有些聲音朦朧，需

---

[29] 丹尼爾‧托馬斯‧普里莫茲克說：「梅洛龐蒂指我們生活就像探照燈一樣地意向四周：這種『意向弧』把我們投向四周，並把我們置於我們的世界之中，呈現我們的過去、現在、將來，呈獻我們人類和非人類的處境，我們的物質處境，意識形態處境，道德處境等等，從而使我們的意識生活及自我成為可能。簡而言之，它表明由於有了這種『意向弧』，我們能夠擁有一個不斷發展著的意義之線。這種意義之線把我們生活的各種時刻連結成一個我們個人經歷的聯合體，或者像大家所知的那樣聯結成我們個人的身份。」見（美）丹尼爾‧托馬斯‧普里莫茲克著。《梅洛——龐蒂》關群德譯（北京：中華，2003），20。

[30] （英）特倫斯‧霍克斯著。《結構主義和符號學》瞿鐵鵬譯（上海：上海譯文，1997），139。

[31] 汪文聖即指出：「……（胡塞爾）以時間對象——聲音——作為覺知的對象。」見汪文聖。《現象學與科學哲學》（臺北：五南，2001），334。

經片刻的思索才能辨識發出聲音的個體。聲音總搶得時間上之先機。介入意識中的聲音瞬間結成形象，雖然這些形象目前是看不見的，聲音藉由時間也是意識「看到」（visualize）視覺的空間。」[32]透過意識對聽覺符號的反思，使聽覺符號被給予了意義，這個意義指涉發聲（人）物的存有，即是意向主體可以先透過聽覺意向聲音的發聲者存有（發聲者在空間中存在的現象），換言之，不必取決於視覺的「看到」就能感知存有的空間性。

簡政珍並說：「作品中任何有關聲音的描述絕非偶然，不論發出聲音的人或物占有多少篇幅，聲音總在發出訊息，而此種訊息總在書中某角色的意識和讀者的意識的回響中產生意義。」[33]故我們在小說中看到被作者陳述出來的聲音都有一定的意義傳達一定訊息，在〈蒼蠅〉限知的敘事角度中，這聲音的訊息即大多數與主角「他」有密切的關聯意義，而因為感知聲音的意向行為以及詮釋聲音意義的活動實際上都是由意向主體的意識情感所決定的，因此「聲音──情感」的認知結構本質上和前文所論及的「情」與「眼」的結構是相似的。

在小說最初，主角「他」聽見「她」離開的聲音：

> 他聽見她走在水泥地上的腳步聲──那是謹慎忌憚，但又為熾熱的某種心事撩得有些慌亂的腳步聲。這聲音已越過

---

[32] 簡政珍。《語言與文學空間》（臺北：漢光，1989 年），66。
[33] 同上註，64。

水泥的前庭，走出兩旁有豬欄和柴草房的沙質土場了。

　　他屏聲靜氣，把每條神經化作無數耳朵，向四面豎起。聽吧！那小心翼翼地印在沙質土上又輕又細的足音！接著，那果樹園的竹門咿呀──輕輕地開了，然後是悉悉索索的聲音。那是用更輕微的手勢和更顫動的心在分開芭蕉葉和果樹枝。更遠了，更遠了……[34]

這段文字表現出主角「他」聽覺意向活動中聲音的發聲者的形象：「那是謹慎忌憚，但又為熾熱的某種心事撩得有些慌亂的腳步聲。」聲音的表述塑造出「她」對於戀愛相見的熾熱、慌亂的形象，而聲音又具有其時間性，透過聲音的歷時性表述，主角「他」體驗到「她」離去的時間性，而這個時間性可以化為具體的空間感：水泥的前庭、砂質土場、果園……這個從聲音轉化而來的空間感代替了視覺因遮蔽所無法注視的視域，讓主角「他」藉由聽覺「注視」女主角離去的空間以及離去的歷時性。

　　他們在擁抱熱吻時而無暇注視其他地方，這時聽覺又替代視覺負擔起意向四周空間變化的任務：

　　猛的，他們好像聽見園門那邊有聲音嘩啦嘩啦地響了起來。哦，有人來了！哥哥來了！兩人都驚恐了，來不及細察聲音的來源，站起來便慌慌張張分頭走開。[35]

---

[34] 鍾理和。〈蒼蠅〉，《鍾理和全集 1》，47-48。
[35] 鍾理和。〈蒼蠅〉，《鍾理和全集 1》，51。

他們的聽覺意向到空間中的聲音符號,並以意識詮釋,「介入意識中的聲音瞬間結成形象」,聯想到看不見的發聲者朝可發現他們的視域活動的現象因而產生恐懼的情緒。

綜合以上兩段引文所導出的論述可證實聽覺在意向活動中可以彌補視覺意向無法意向到的發聲物(者),同時也可以在聽覺中做歷時性的感知來彌補視覺意向活動的不足。

愛情世界的他者

在〈蒼蠅〉中所敘述的是一個不願被他者注視的愛情故事,因此男女主角是偷偷摸摸的相會,這樣的愛情意識通常將自我、戀人以外的存有隔絕起來,透過疏離來澄明愛情的真摯與美善,相較之下,被隔絕於愛情意識之外的他者是醜陋的,透過醜陋的意義給予,反襯出被愛情意識孤絕的戀人美好形象,鍾理和在〈蒼蠅〉中以女主角的哥哥作為他者的代表:

> 他抬頭看壁上的鐘。長短針正指著一點又十分。然後他的視線又自壁鐘移向櫃上那昏昏欲睡的男子——她的哥哥。他一邊看著,一邊計畫如何脫身走開。這位稍顯肥胖的哥哥,額頭和鼻孔滲著細粒的汗珠,不住張嘴哈氣。本來就有點笨鈍的人,這時更顯出一條牛樣的滿足感,好像他在世間只有一個願望:讓他好好睡場午覺。[36]

---

[36] 鍾理和。〈蒼蠅〉,《鍾理和全集 1》,48。

在這段文字中，主要是透過眼睛注視而示現的表述，這些示現為男主角「他」以厭惡的情感來詮釋，鍾理和以帶著主角「他」的主觀情感來「注視」女主角的哥哥，因此我們看到「本來就有點笨鈍的人，這時更顯出一條牛樣的滿足感，好像他在世間只有一個願望：讓他好好睡場午覺」都是透過眼睛的注視所詮釋出來厭惡、負面的情感表現。

主角在和女主角幽會完後第二次注視女主角的哥哥，鍾理和用更詳細的描述來形容「他者」的醜陋以及主角的厭惡：

> 他本能地看看壁鐘。一時三十分。才祇二十分鐘？他感
> 到一陣懊悔。這時櫃枱上的男人動了動，然而沒有醒。
> 他的頭側在一邊；他的臉壓歪了，像魚兒一般扭著嘴，
> 涎水由嘴裡牽著一條線，沿著墊在下邊的手流在櫃枱上。
> 那下邊已經有一大灘了。那手和臉孔、頸脖全冒著汗水。
> 一隻蒼蠅放平了翼子在他臉上闊步著。它用兩隻前肢扛
> 著尖喙這裡那裡刺著，那暗色的眼睛和翼子發出遲鈍的
> 光閃。它在他眼角邊停下來，蹺起屁股，用兩隻後肢搓
> 著，搓得神氣而有致。[37]

這段文字當中，我們在注視女主角哥哥的同時，也注意到「蒼蠅」，在小說中對蒼蠅的敘述相當詳細，描寫蒼蠅在女主角哥

---

[37] 鍾理和。〈蒼蠅〉，《鍾理和全集1》，51。

哥臉上闊步，在眼角停下來，動作神氣有致，是將蒼蠅的動作「人類化」，在這段敘述蒼蠅和女主角的哥哥被並置在一起，在同一個視域中形成隱喻關係，也就是在此視域中，物的意義不是單獨純在的，而是被鄰近物烘托而引發的聯想，故在此蒼蠅的「人類化」在表述的本質上即是人類「蒼蠅化」，用「蒼蠅」明晰的醜惡樣貌突顯出在愛情意識中被疏離的他者醜陋樣貌，[38]或許鍾理和有意識透過女主角哥哥此「他者」來反襯男女主角間愛情的深厚，故男主角對於女主角哥哥的注視是帶著厭惡感、批評的注視：

> 　　櫃枱上的哥哥又動了動，從睡夢中舉起手往頭上邊拂了拂，然後，終於坐了起來。他的下巴印著一塊紅痕；一條灰色的涎水像蛛絲般的掛在下唇，看來像一個大白癡！他困難地睜開眼睛，一邊咒罵著：「熱死了！」他瞇細著眼睛，向屋裡抬了抬臉，於是詫異地說：
> 　　「怎麼，你還在這裡哪？」
> 　　他向她哥哥看了一眼，心裡感著些微憎惡，於是一句話沒說，默默地走出那間屋子。[39]

38　高友工、梅祖麟說：「隱喻與隱喻的關係結合並強化感官上的物性。」在此強調、突顯了注視中的女主角哥哥的醜陋神態。見高友工、梅祖麟。〈唐詩的隱喻與典故〉載於《當代台灣文學評論大系・文學理論卷》（臺北：正中，1993），153。頁79。

39　鍾理和。〈蒼蠅〉，《鍾理和全集1》，52。

在這段小說最末段的文字當中，我們看見鍾理和以主角的視角來表述形容女主角哥哥的模樣，[40]主觀地批評女主角哥哥「看來像一個大白癡」，更直接表述了內心意識「心裡感著些微憎惡」，可見主角「他」對於女主角的哥哥的意向行為可能不僅於愛情意識中對他者的疏離，而是更奠基於其他小說中沒有表述的理由而憎惡，而這種男主角對女主角哥哥的憎惡感恰能與對女主角的愛戀形成對比，突顯出戀愛中戀人的美好。

綜觀小說中對女主角哥哥這個「他者」的注視與形容，總是醜陋、負面的，而以「蒼蠅」的並置畫面來隱喻女主角哥哥，這篇小說名為〈蒼蠅〉可見強調愛情意識在戀愛中對「他者」的疏離，以及對「他者」厭煩、憎惡的負面感覺，藉著這種感覺反襯出戀愛的純淨美好。

結語：兩個方向的「意向活動」表述澄明愛情

在注視和傾聽的意向行為過程中，生命主體去感知到「我」以及「我」以外的存有空間和人事，在意向中明晰我們在時空中的存有[41]，但愛情意識中的感知活動則更企圖去澄明

---

[40] 「櫃枱上的『哥哥』」的「哥哥」即澄明次處是以主角立場的視角作為表述，而非小說作者敘述的視角。

[41] 王子銘：「所謂感知是存在意識，涉及到感知行為的質性特徵，即它是一個具有存在信仰的設定行為，就是說感知行為中包含著一個肯定性的存在信仰，它堅信其物件的存在性。」存有在感知的意向行為中，就是在確認自我（意向主體）存有以及意向對象存有的前提下才能進行的，而在感知的過程中，

愛情與戀人的美好，為了證明愛情的絕對性，戀人的存在意識往往會孤立自我，疏離他者，如此使戀人彼此從現實中抽離孤立出來，呈現他（她）的純粹美好；因此在愛情意識的意向活動中，基本上具有兩個大方向，就是一、自我與戀人從世俗間孤立出來的認知。二、對他人的疏離。

〈蒼蠅〉小說中，我們看見主角「他」用視覺和聽覺感知女主角「她」的美好形象，也同樣用感知到女主角哥哥的醜惡，這是鍾理和意欲表現愛情中對戀愛對象以及「他者」的認知差異，藉以襯托出愛情及戀人的美好，我們可以以下表區分出這兩個面向的差異：

意向對象名稱	感知方式	意義詮釋
女主角「她」	視覺、聽覺	美好，愛戀
女主角哥哥	視覺（少量聽覺）[42]	醜陋，憎惡

由上表我們可以看出在〈蒼蠅〉小說中愛情意識對戀人「她」以及戀人以外的「他者」有相同的感知意向方式，但確有不同的意義詮釋，藉著兩者的反襯，襯托出愛情的美好，而這兩個面量的表述實際上都是透過感官的意向活動並加以詮釋，我們又可以從中看見愛情意識活動的現象，如下表所示：

我們奠基於此前提去澄清我與意向物的存在性。見王子銘。《胡塞爾先驗現象學的美學向度》（博士論文，山東大學文藝學研究所，2002），60。

[42] 在男主角「他」聽見女主角哥哥說話時，就是用聽覺作為意向活動的呈現。

	主體	意向的感知方式	客體
意向的活動	意向主體	視覺與聽覺	意向對體
意識的認知與詮釋	情感意識	意識決定感知的方式與對象	意識給予客體指涉的意義

　　意向感知的方式及對象都是由主體意識情感所決定，主體意識情感並據此給予意向對象意義詮釋，因此在同樣「眼睛」的注視下，戀人美好，「他者」醜陋，都是由意向主體的情感意識所決定，這就是「情」與「眼」在感知活動的基礎關係，這這「情──眼」的感知關係在愛情意識的示現上，如前文所述，是奠基於「一、自我與戀人從世俗間孤立出來的認知。二、對他人的疏離。」的兩個大方向上，我們可以從〈蒼蠅〉小說中充滿愛情意識的敘述當中得到明晰，然而人類的情感意識感知在愛情以外是以何種方向去認知、感知世界、世界存有物以及其他「在……之中」的存有，在世界雜多性以及多種可能的表述過程中，還需要更深入的討論才能夠使澄明、理解得以成為可能。

參考文獻

一、近人論著

余碧平（2007）。《梅羅龐蒂歷史現象學研究》上海：復旦大學出版社。

李幼蒸（1997）。《語義符號學——意義的理論基礎》。臺北：唐山。

汪文聖（2001）。《現象學與科學哲學》。臺北：五南。

周書文（1997）。《小說的美學建構》。天津：百花文藝出版社。

洪漢鼎（2008）。《重新回到現象學的原點：現象學十四講》。臺北：世新大學。

倪梁康（2007）。《意識的向度：以胡塞爾為軸心的現象學問題研究》。北京：北京大學出版社。

戚廷貴（2006）。《美學原理》。長春：東北師範大學出版社。

郭宏安（2007）。《從閱讀到批評——「日內瓦學派」的批評方法論初探》。北京：商務印書館。

馮雷（2008）。《理解空間：現代空間觀念的批判與重構》北京：中央編譯出版社。

馮憲光（2001）。《審美意識形態的文本分析》。成都：四川大學出版社。

鄭金川（1993）。《梅洛龐蒂的美學》。臺北：遠流。

二、譯著

丹尼爾・托馬斯・普里莫茲克著（2003）。《梅洛──龐蒂》，關群德譯。北京：中華。

艾德蒙特・胡塞爾著（1999）。《邏輯研究・第二卷，第一部份 現象學與認識論研究》，倪梁康譯。臺北：時報文化。

克羅德・勒佛（Claude Lefort）著（2007）。梅洛龐蒂（Maurice Merlcau-Ponty）著。《眼與心》，龔卓軍譯。臺北：典藏藝術家庭。

沙特著（1990）。《存在與虛無（下）》，陳宣良等譯。臺北：久大。

叔本華（Arthur Suhopenhauer）著（1989）。《意志與表象的世界》，林建國譯。臺北：遠流。

帕特里夏・奧坦伯德・約翰遜著（2003）《伽達默爾》，何衛平譯。北京：中華。

特倫斯・霍克斯著（1997）。《結構主義和符號學》，瞿鐵鵬譯。上海：上海譯文。

畢普塞維克著（1911）。《胡賽爾與現象學》，廖仁義譯。臺北：桂冠。

三、期刊雜誌類與論文

王子銘。《胡塞爾先驗現象學的美學向度》（2002）。博士論文，山東大學文藝學研究所。

李明明（1992）。〈藝術批評的本與末〉，《形象與言語：西方
　　現代藝術平論文集》。臺北：三民。

高友工、梅祖麟（1993）。〈唐詩的隱喻與典故〉，《當代台灣
　　文學評論大系・文學理論卷》。臺北：正中。

The Affair and the Eyes: a Phenomenological Discuss of
Visual and Audio Description of Conscious of Love
Affair in Li-ho Chung's *Housefly*

文學視界 68　PG1222

二十世紀經典中文小說評析

作　　者 / 劉益州
責任編輯 / 陳佳怡
圖文排版 / 郭雅雯
封面設計 / 李孟瑾

發 行 人 / 宋政坤
法律顧問 / 毛國樑　律師
出版發行 / 秀威資訊科技股份有限公司
　　　　　114 台北市內湖區瑞光路 76 巷 65 號 1 樓
　　　　　電話：+886-2-2796-3638　傳真：+886-2-2796-1377
　　　　　http://www.showwe.com.tw
劃撥帳號 / 19563868　戶名：秀威資訊科技股份有限公司
　　　　　讀者服務信箱：service@showwe.com.tw
展售門市 / 國家書店（松江門市）
　　　　　104 台北市中山區松江路 209 號 1 樓
　　　　　電話：+886-2-2518-0207　傳真：+886-2-2518-0778
網路訂購 / 秀威網路書店：http://www.bodbooks.com.tw
　　　　　國家網路書店：http://www.govbooks.com.tw

2014 年 11 月 BOD 一版
定價：260 元

國家圖書館出版品預行編目

二十世紀經典中文小說評析 / 劉益州著. -- 一版. -- 臺
北市：秀威資訊科技, 2014.11
　面；　　公分
BOD 版
ISBN 978-986-326-292-3 (平裝)

1. 中國小說　2. 現代小說　3. 文學評論

820.9708　　　　　　　　　　　　103018728

讀 者 回 函 卡

感謝您購買本書,為提升服務品質,請填妥以下資料,將讀者回函卡直接寄回或傳真本公司,收到您的寶貴意見後,我們會收藏記錄及檢討,謝謝! 如您需要了解本公司最新出版書目、購書優惠或企劃活動,歡迎您上網查詢或下載相關資料:http:// www.showwe.com.tw

您購買的書名:＿＿＿＿＿＿＿＿＿＿＿＿＿＿＿＿＿＿＿＿＿＿＿＿

出生日期:＿＿＿＿＿年＿＿＿＿＿月＿＿＿＿＿日

學歷:□高中 (含) 以下　　□大專　　□研究所 (含) 以上

職業:□製造業　□金融業　□資訊業　□軍警　□傳播業　□自由業
　　　□服務業　□公務員　□教職　　□學生　□家管　　□其它＿＿＿

購書地點:□網路書店　□實體書店　□書展　□郵購　□贈閱　□其他

您從何得知本書的消息?

　□網路書店　□實體書店　□網路搜尋　□電子報　□書訊　□雜誌

　□傳播媒體　□親友推薦　□網站推薦　□部落格　□其他＿＿＿＿＿＿

您對本書的評價:(請填代號　1.非常滿意　2.滿意　3.尚可　4.再改進)

　封面設計＿＿＿　版面編排＿＿＿　內容＿＿＿　文／譯筆＿＿＿　價格＿＿＿

讀完書後您覺得:

　□很有收穫　□有收穫　□收穫不多　□沒收穫

對我們的建議:＿＿＿＿＿＿＿＿＿＿＿＿＿＿＿＿＿＿＿＿＿＿＿＿

＿＿＿＿＿＿＿＿＿＿＿＿＿＿＿＿＿＿＿＿＿＿＿＿＿＿＿＿＿＿＿

＿＿＿＿＿＿＿＿＿＿＿＿＿＿＿＿＿＿＿＿＿＿＿＿＿＿＿＿＿＿＿

＿＿＿＿＿＿＿＿＿＿＿＿＿＿＿＿＿＿＿＿＿＿＿＿＿＿＿＿＿＿＿

11466

台北市內湖區瑞光路 76 巷 65 號 1 樓

秀威資訊科技股份有限公司 收

BOD 數位出版事業部

....

（請沿線對折寄回，謝謝！）

姓　　名：＿＿＿＿＿＿＿＿　年齡：＿＿＿＿　性別：□女　□男

郵遞區號：□□□□□

地　　址：＿＿＿＿＿＿＿＿＿＿＿＿＿＿＿＿＿＿＿＿＿

聯絡電話：(日) ＿＿＿＿＿＿＿＿＿＿　(夜) ＿＿＿＿＿＿＿＿＿

E-mail：＿＿＿＿＿＿＿＿＿＿＿＿＿＿＿＿＿＿＿＿＿